Annäherungen im Zwielicht
Erzählungen

Annäherungen im Zwielicht
Erzählungen

G.O. MARGRABOV

Annäherungen im Zwielicht

Erzählungen

Bibliografische Information der Deutschen Nationalbibliothek:
Die Deutsche Nationalbibliothek verzeichnet diese Publikation in der
Deutschen Nationalbibliografie; detaillierte bibliografische Daten sind im
Internet über http://dnb.dnb.de abrufbar.

TWENTYSIX – Der Self-Publishing-Verlag
Eine Kooperation zwischen der Verlagsgruppe Random House und
BoD – Books on Demand

© 2020 G.O. Margrabov

Herstellung und Verlag:
BoD – Books on Demand, Norderstedt

ISBN: 978-3-7407-6950-5

Inhalt

Die Heiratsschwindlerin

Ich konnte damals nicht ahnen, dass sie ganz einfach nur die Schule geschwänzt hatte. Aber selbst wenn, hätte ich anders gehandelt? Nein, ich konnte nicht anders. Es war stärker als ich. Einmal in diese Augen geschaut, und ich war nicht mehr derselbe. Ja, so etwas gibt es wirklich, nicht nur in Groschenromanen. So etwas gibt es, besonders wenn man noch sehr jung ist und offen für Zauber und Wunder. Wenn man seinen Sinnen und Gefühlen unmittelbar und vorbehaltlos vertraut. Wenn ein Blick alles Bisherige verwandeln und eine neue Welt erschaffen kann. Diese Verwandlung ist unumkehrbar, und wenn der Verstand sich mit Zweifeln und Warnungen meldet, ist es schon zu spät.

Der Hörsaal für die Einführungsvorlesung des Sommersemesters füllte sich allmählich. Ich nahm einen Platz außen am Gang, verstaute meinen Rucksack unter dem Sitz und ging auf Toilette. Als ich zurückkam, war mein Platz besetzt, von einer Studentin, die, eine Wange auf die Faust gestützt, herzhaft gähnte. Als ich neben ihr stehenblieb, traf mich dieser Blick. Es war kein abwartend fragender Blick, wie man ihn in der Situation als normal empfunden hätte, vielmehr war er abweisend, fast empört. Doch ich kann mich täuschen, Blicke so von unten wirken manchmal anders als sie gemeint sind. Bestimmt aber dauerte der Blick aus diesen dunklen Augen etwas zu lange, jedenfalls zu lange für mich. Mein Rucksack liege noch unter ihrem

Sitz, sagte ich, sie möge ihn mir bitte reichen. Der Sitz gleich hinter ihr war noch frei, und so konnte ich sie während der ganzen Vorlesung beobachten. Sie stützte den Kopf mal auf die eine Faust, mal auf die andere, mal auf beide und schien überhaupt nicht recht bei der Sache zu sein. Ich dagegen war fasziniert von ihrem leicht gewellten kastanienbraunen Haar, das sich immer, wenn sie den Kopf neigte, in der Mitte teilte und ihren Nacken freigab, dessen feine Härchen ich eingehend studierte. Die Sonne begann schräg durch die Fenster zu scheinen und ließ ihr Haar in verschiedenen Schattierungen von Rötlich-braun bis Schwarz schimmern. In dem Moment klopfte der ganze Hörsaal zum Ende der Vorlesung. Ich war so verwirrt, dass ich erschrocken um mich blickte, ob etwa alle zu dem Farbenspiel vor mir applaudierten. Beim Hinausgehen manövrierte ich mich neben sie, hob meinen Rucksack zum Zeichen hoch und dankte nochmals für ihre Nettigkeit. Sie sah mich an und lächelte sogar. Ich fragte, wie ihr die Vorlesung gefallen hatte.

„Ganz gut."

Ob sie die Vorlesung weiter hören werde, fragte ich. Sie blieb unbestimmt:

„Kann sein."

Ich blieb dran: Ob sie vielleicht noch etwas Zeit habe, wir könnten einen Kaffee zusammen trinken.

„Danke, aber ich muss weg."

„Na, dann hoffentlich bis nächste Woche", sagte ich, zutraulich nickend.

Sie schaute mich noch einmal kurz an, lächelte und ging. Das alles lief vollkommen mechanisch ab, nach dem Plan, den ich mir, mitsamt den möglichen Varianten, während der Stunde zurechtgelegt hatte. Viel mehr als das hatte ich im Ernst nicht erhoffen können.

In den Tagen bis zur nächsten Vorlesung kreisten meine Gedanken natürlich nur um sie. Manchmal glaubte ich sie auf dem Campus wie eine Fata Morgana von fern zu sehen, ich suchte ihr Haar in den Hörsaalreihen vor mir, ich schaute in alle Cafés, die an meinem Weg lagen. Dann endlich! Gleich beim Betreten des Hörsaals entdeckte ich sie, in der Mitte einer Reihe eingeschlossen, so dass ich ihr, als sie mich erblickte, nur zuwinken konnte. Sie hob kurz die Hand, und ich bemerkte, dass der Typ, der neben ihr saß, ihren Blick bis zu mir hin verfolgte. Ich setzte mich weiter hinten und konnte beobachten, wie der Typ, der eine regenbogenfarbene Irokesenfrisur trug, sich öfter grienend zu ihr hindrehte, was sie aber kaum erwiderte. Sie verließ das Gebäude mit dem Irokesen, so dass ich wieder leer ausging.

Ich wollte und konnte mir nicht vorstellen, dass der Irokese ihr Freund war. Wenn aber doch? Die aufkeimende Eifersucht zu unterdrücken gelang mir nicht, ich fühlte mich frustriert und in meiner Frustriertheit lächerlich zugleich. Zwei lange Wochen erschien sie nicht, so dass ich notgedrungen dem Vortrag zu folgen versuchte, in den ich aber aufgrund der zwei verträumten Stunden und meiner ärgerlichen Unkonzentriertheit keinen rechten Zusammenhang bringen konnte.

Einmal, auf dem Nachhauseweg, kam ich nah an dem Irokesen vorbei, der auf einer Treppe am Markt inmitten anderer junger Leute hockte, mit blau tätowierten Unterarmen und einem bunten Tattoo an der linken Schulter. Er bemerkte mich nicht, und ich sah ihn auch nicht wieder.

In meinem Zustand gab es nur eine Medizin. Endlich, nach weiteren zwei Wochen, sah ich sie auf dem Campus und konnte sie zu einem Mensa-Kaffee überreden. Ich war längst rettungslos verliebt und fand alles an ihr aufregend. Sie erschien mir vollkommen natürlich, auch ihre ganze Art sich zu geben. Immer wieder strich sie eine Haarsträhne zurück, die ihr ins Gesicht fiel, und klemmte sie zuletzt hinter dem Ohr fest. Bei leicht geöffneten Lippen blickten ihre oberen Schneidezähne ein Stückchen hervor. Sie trug ein weißes Top, meine Augen wanderten ihre Arme hoch und entdeckten an der linken Schulter ein kleines Tattoo in Form bunter Vierecke. Deren Bedeutung würde ich schon noch herausfinden.

Da ich im Charmieren (der Ausdruck hatte mir in irgendeiner alten Schullektüre gut gefallen) nicht sonderlich geübt war, hatte mir ein paar Sachen überlegt, die ich fragen oder vorschlagen könnte, ohne allzu neugierig oder dreist zu wirken. Doch zu meiner Überraschung sprudelte sie munter drauflos, sie habe einen blöden Infekt gehabt, werde die Vorlesung sausen lassen, komme aus Oldenburg, sei in einer WG untergekommen, die sie aber doof finde, wie überhaupt die ganze Stadt, sie wisse nicht, ob sie bei dem Fach bleibe oder überhaupt weiter studieren solle, sie wolle ihren Eltern nicht weiter auf der Tasche liegen, habe sich übrigens von dem Irokesen getrennt.

Sosehr ich froh war, den Irokesen los zu sein, verwunderte mich doch ein wenig die Sorglosigkeit, die aus ihr sprach. Für mich stand jedenfalls fest, dass ich in dieser Stadt bleiben und mein BWL-Studium durchziehen würde, und das sagte ich auch, mit einer vielleicht etwas übertriebenen Entschiedenheit, die für sie, wie es schien, das Signal zum Aufbruch war. Ich beeilte mich, einen Kinobesuch heute oder morgen Abend vorzuschlagen und lobte den Film, doch sie meinte:

„Ich möchte nachmittags shoppen gehen. Meinetwegen kannst du mitkommen.“

Natürlich sagte ich: „Aber gern.“

Dora verstand sich mit ihren Eltern nicht und wollte einfach nur weg von Zuhause, möglichst bald, irgendwohin. Fast jedes Gespräch endete damit, dass irgendetwas an ihr kritisiert wurde, die Unordnung in ihrem Zimmer, ihre Faulheit im Haushalt, ihre Mäkelei beim Essen, ihre Einstellung zur Schule, ihr Freundeskreis, ihr Klamottenkonsum und so weiter. Dabei waren ihre Schulnoten recht ordentlich, besonders in Mathe und Physik, ihre Freunde waren meist Mitschüler, manche Freundinnen leisteten sich weit mehr Klamotten als sie, die Eltern waren informiert, wenn sie abends mal länger ausblieb oder woanders übernachtete. Eigentlich, fand sie, konnten die Alten mit ihr ganz zufrieden sein. Ihr Pech war wohl, dass sie als Einzelkind immer alleine als Blitzableiter für all den Frust ihrer Eltern herhalten musste. Die Mutter bei ihrem Minijob hatte doch Zeit genug für das bisschen Haushaltskram. Der Vater, mittlerer Verwaltungsangestellter, bewunderte sie sogar, hatte sie den Eindruck, dass sie ein Gymnasium besuchte und das Abitur ansteuerte. Aber er war ein Waschlappen, der sich immer auf die Seite von Mutter schlug, wenn die mal wieder in Rage war. Daher konnte auch Doras Verhältnis zum Vater nicht gut sein, obwohl er ihr immer leidtat, wenn Mutter ihn anfauchte:

„Jetzt sag du doch mal was!“

Jede Gelegenheit, dem unerquicklichen Zuhause zu entgehen, nahm sie wahr. Sie hatte Freundinnen genug, mit denen sie die Zeit nach der Schule abhängen konnte. Dass die Jungs sich für sie interessierten, war ihr sehr bewusst. Das affektierte, kokette Gehabe, das viele Mädchen in ihrem Alter an den Tag legten, hatte sie nicht nötig. Das Gemaule ihrer Mutter, dieses Kleid sei zu kurz, jene Hose zu eng, kam dennoch wie der Möwenschiss auf das blank geschrubbte Deck und brachte sie zur Weißglut.

Um von den Eltern loszukommen, mehr aber aus echter Zuneigung, hatte sie sich mit ihren knapp siebzehn Jahren Tim angeschlossen, dessen freie Ansichten sie teilte. Auch er hatte Probleme mit seinen Eltern, die geschieden waren und ihm nach seinem Abitur kein Studium finanzieren konnten. Ihr imponierte, dass er nicht aufgab und es aus eigener Kraft schaffen wollte. Zwei Jahre Verpflichtung bei der Bundeswehr, dann weitersehen. In den Monaten zwischen Schule und Militär trug er einen Irokesenkamm, der es für sie ausschloss, ihn ihren Eltern vorzustellen. So blieb es eine verborgene Liebe, besiegelt durch ein spiegelbildliches Tattoo, das, am Ende doch von den Eltern entdeckt, diese in der Überzeugung bestärkte, sie sei auf dem besten Wege, alle Chancen zu verspielen.

Das Tattoo hatte zur Folge, dass ihr ohnehin knapp bemessenes Taschengeld gekürzt wurde. Eine Freundin verriet ihr, schon öfter Kleidungsstücke aus Kaufhäusern geklaut zu haben, und weihte sie in die Tricks ein. Ihren Eltern erzählte Dora von einem kleinen Job, so dass zu ihren neuen Klamotten keine argwöhnischen Nachfragen kamen.

Die letzten Tage vor Tims Abreise waren für beide eine
Zeit wachsenden Zweifels, ob ihre Liebe die lange Tren-
nung überstehen würde. Auch sie hatte ja vor, Eltern und
Stadt zu verlassen. Es konnte so viel geschehen in den
zwei Jahren. Sie waren zwar oft zusammen, sprachen auch
über ihre Pläne und Hoffnungen, aber nie über eine gemeinsame Zukunft. Dafür war ihre Beziehung zu kurz,
dafür waren sie zu jung und zu realistisch. Alles andere
hätten beide als deplatziert empfunden. So geriet der Abschied am Bahnhof zu einer stillen Umarmung, und jeder
wünschte dem andern das Beste:

„Schlag dich durch und melde dich!"

„Pass gut auf dich auf! Bis irgendwann denn."

Für Dora begann eine Phase der Suche und Neuorientie-
rung. Um ihre Interessen besser kennenzulernen, besuchte
sie an der Universität Vorlesungen verschiedener Fächer
und schwänzte dafür zur Not auch Schulstunden. Sie
nahm Kontakt zu einer älteren Kusine auf, die zu ihr immer wie eine gute Tante gewesen war und in Süddeutschland eine Reiseagentur betrieb. Sie erklärte Dora bereitwil-
lig die Arbeit dort und bot ihr eines Tages sogar einen
Ausbildungsplatz nach Abschluss des Schuljahres an. Dora
jubelte, und ihr Verhältnis zu den Eltern, die davon vorerst
nichts wissen durften, entspannte sich sehr.

Ja und dann dieser Joe. Er passte nicht so recht in ihren
Kram. Fast auf den Tag so alt wie Tim, kam er ihr deutlich
abgeklärter, gebildeter und selbstsicherer vor. Ein sportlich
geschmeidiger, gutaussehender Typ, der durchaus Eindruck auf sie machte. Er hatte als Schüler ein Jahr in den
USA verbracht. Auch Italienisch sprach er ziemlich flüssig,
wie sie später feststellen konnte. Besonders gefiel ihr, dass

er bei aller Verliebtheit sich äußerst einfühlsam, ja fast schüchtern gab, obwohl er sonst mit großer Bestimmtheit sprach und enorme Energie ausstrahlte.

Natürlich musste sie ihm bald gestehen, dass sie keine Studentin war, wie er geglaubt hatte. Aber er musste nicht alles wissen. Ihre Eltern blieben für ihn tabu, ebenso ihr Plan, die Schule zu beenden und im September eine Arbeit aufzunehmen. Sie genoss den Umgang mit ihm, ließ sich gern von ihm ausführen, machte ihn mit der Stadt und der schönen Umgebung vertraut. Bald wurden sie zärtlich miteinander. Es dauerte aber fast bis zum Ende des Sommersemesters, bis sie in seinem Apartment, nach einem lustigen Kinobesuch und viel Alberei, sich und ihn auszuziehen begann. Seine offenkundige Unerfahrenheit reizte sie, das verdorbene Kindermädchen zu spielen.

„Mein kleiner Joey wird sich jetzt ausziehen und brav ins Bett führen lassen."

„Ja, Mama."

„Ich bin nicht deine Mama, ich bin das französische Aupair-Mädchen."

„Ach so, das ist mir auch lieber."

„Du wirst gleich sehen, was so ein Au-pair-Mädchen alles drauf hat."

Er war so lieb, dass es ihr am nächsten Tag leidtat, Geheimnisse vor ihm zu haben. Als er vorschlug, zusammen in den Ferien mit seinem kleinen Auto Oberitalien zu bereisen, war sie sofort bereit.

Viele Wochen hatte es keinen Regen gegeben, und auch für die nächsten Tage war keiner vorausgesagt. Ich kam vom Blumengießen aus dem Garten zurück, warf mich in die Couch und schaute mir weiter die Tätersuche im Abendfernsehen an. Der maskierte Einbrecher schlug den alten Mann brutal nieder, fesselte und knebelte ihn mit einem Klebeband und überließ das blutende, nach Luft ringende Opfer eiskalt seinem Schicksal. Ich schloss sofort die Terrassentür und tastete nach meinem Smartphone. Der nächste Fall erheiterte mich. Eine Heiratsschwindlerin machte sich an einsame, liebeshungrige Senioren heran, lockte ihnen größere Summen ab und ward nicht mehr gesehen. Es hatte lange gedauert, bis eines der verschämten Opfer sich der Polizei anvertraute, sogar dem Polizisten ein Foto der Frau vorwies. Als dieses vergrößert auf dem Bildschirm erschien, stockte mir der Atem.

Ich ließ das Programm zurücklaufen und stoppte es bei dem Bild. War das nicht Dora, meine Dora? Diese Augen, diese hervorlugenden Zahnspitzen, dieses Lächeln, dieses volle Haar, jetzt allerdings blond. Mein Gott, was war aus ihr geworden? Wie war es ihr in all der Zeit ergangen? Ich konnte von dem Bild nicht loskommen. Immer noch eine attraktive Frau, ich hatte durchaus Verständnis für die Herren. Was bedeutete sie für mich! Sie war die Liebe meines Lebens, meines nun fünfundvierzigjährigen! Nach einer Weile ließ ich das Programm weiterlaufen und erfuhr noch, dass die Fälle sich auf Süddeutschland konzentrierten, sich wahrscheinlich häufiger ereignet hätten als zur Zeit bekannt, dass ihr Alter auf rund 40 geschätzt wurde und ihre Größe auf 1,65, dass sie keinen süddeutschen Akzent sprach, vielmehr reines Hochdeutsch, und zuletzt einen roten BMW fuhr. Ihre Beute summierte sich auf mindestens 500.000 Euro.

Klar, von mir würde die Polizei nichts erfahren. Was hätte ich auch beitragen können? Bestimmt würden etliche Zuschauer sie erkannt haben und ihren wahren Namen sagen können. Unbekannt war nur ihr Aufenthaltsort. Ich schaltete den Apparat aus und stand auf. Sofort sprang auch mein Hund auf und kam schwanzwedelnd auf mich zu. Die frische, kühle Abendluft tat mir gut. Ich dehnte die Runde weiter aus und ging noch eine Strecke am Fluss entlang, ließ meine Märkel frei laufen und ausgiebig schnuppern. Märkel bellte, ich schaute auf und mein Blick fiel auf einen halbverfallenen Heuschuppen am Hang. Mich durchzuckte die Erinnerung an das verlassene Dorf in den Südalpen, wo ich mit Dora eine Woche gehaust hatte. Eine Woche tiefer Gefühle, reinen Glücks. Wieder im Haus, kramte ich die alten Fotos hervor, die ich von Dora aufbewahrt hatte. Darunter waren auch einige, die uns in dem Dorf zeigten, mal sie, mal mich, mal uns beide, in Umarmung, beim Kuss.

Mir kam ein verrückter Gedanke: Könnte es sein, dass Dora sich dort versteckt hielt? Die Anzeige war, wenn ich mich recht erinnerte, vor rund drei Wochen erfolgt, eines der Opfer hatte sie noch vor 18 Tagen gesehen. Nein, der Gedanke war irre! Sie hatte Geld genug, sich teure Hotels zu nehmen, sich mit falschen Pässen frei zu bewegen, ihr Äußeres nach Belieben zu verändern. Eine Weile saß ich ratlos da. Dann griff ich zum Handy und verglich meine Aufnahme vom Bildschirm mit den alten Fotos. Es gab gar keinen Zweifel, sie war es!

Wenn ich ihr irgendwie helfen wollte, dann musste es schnell gehen. Was konnte ich tun als das Verrückte versuchen? Ich hatte ohnehin Urlaub, nichts hinderte mich. Ich recherchierte und fand, dass es in dem Dorf jetzt sogar eine Pension gab, in der Hunde erlaubt waren. Am nächsten Morgen erledigte ich ein paar Telefonate, raffte das Nötigste zusammen und brauste los. Einen Tag später gegen Mittag war das Dorf erreicht. Die Suche nach Dora stellte ich mir trotz der Winzigkeit des Ortes als nicht ganz so einfach vor, denn wahrscheinlich hatte sie inzwischen einen anderen Namen, und mein Handy-Foto konnte ich nicht jedem zeigen. Doch als ich auf das nahe meiner Pension gelegene Café zusteuerte, um etwas zu essen und die allgemeine Situation im Dorf zu sondieren, verließ gerade eine Frau das Café, niemand anders als meine Dora!

Sie erkannte mich nicht, schien dem Fremden auch zu mißtrauen, jedenfalls setzte sie ihre hochgesteckte Sonnenbrille auf und ging weiter. Ich war rasch bei ihr und sprach sie an:

„Hallo Dora! Ich bin Joe, Joey, das Erstsemester in Bonn, wenn du dich erinnerst."

Sie schaute mich ein paar Sekunden an, nahm ihre Sonnenbrille ab, und ihr Gesicht erhellte sich:

„Joey! Mensch ja, leibhaftig. Das gibt's doch nicht! Wie kommst du denn hierher?"

„Nostalgische Anwandlung. Zufall. Verrückt! Ich hoffe, du hast ein wenig Zeit zum Plaudern. Gehen wir ins Café?"

Sie beließ es bei einem Glas Wasser, ich bestellte einen Happen. Süß-schmerzliche Gefühle stiegen in mir auf. Ich begann:

„Damals führte nur ein Fußpfad hier hoch. Erinnerst du dich an das alte Paar, die einzigen, die hier wohnten und so schreckliche Angst vor uns hatten?"

„Ja, das war einmal. Den Aufschwung brachte erst die neue Autostraße. Vorher gab es schon ein paar einheimische Rückkehrer. Aber immer mehr Bergwanderer entdeckten das Tal. Das verlassene Dorf war die Attraktion. Dann waren auch gleich die Investoren da und brachten den Fortschritt, was man so nennt. Jetzt gibt es Strom hier und Wasser aus der Leitung. Das Dorf boomt und wird allmählich so wie die anderen. Sag, bist du ein sogenannter Tagestourist oder bleibst du länger?“

„Ich habe mich in der Pension einquartiert. Mal sehen. Etwas Bergwandern täte mir gut. Ist ja wirklich wunderschön hier. Die Berge sind nicht so schnell kaputtzukriegen.“

Uns beiden war klar, dass wir um den heißen Brei herumredeten. Wieso sollte ich hierher zum Bergwandern gekommen sein? Wieso kannte sie sich hier so gut aus? Wieso trafen wir uns nach all den Jahren ausgerechnet hier und ausgerechnet jetzt, wo sie in so heikle Machenschaften verstrickt war? Eines wusste sie: dass sie zu mir absolutes Vertrauen haben konnte. Als ich mit Essen fertig war, stand sie auf und sagte:

„Komm mit! Ich zeig dir, wo ich wohne.“

Wir stiegen hoch zu einem Haus am oberen Rand des Dorfes und setzten uns auf die Terrasse, mit herrlicher Aussicht auf das Tal und die gegenüberliegenden Berge. Dora holte einen Rotwein und fragte nach dem Zuprosten geradezu:

„Und jetzt verrate doch mal, was dich wirklich herführt.“

„Ja Dora, es stimmt schon, was ich sagte: die Nostalgie und der Zufall. Die Nostalgie wirst du verstehen. Der Zufall ist der, dass ich gestern eine Fernsehsendung geschaut und dich auf einem Fahndungsfoto erkannt habe. Wenn du die Sendung selber gesehen hast, brauche ich nichts weiter zu berichten."

Sie rückte getroffen in ihrem Korbsessel hin und her.

„Nein, habe ich nicht. Hier ist überhaupt kein Empfang. Gut, dass du mir das bringst. Wirklich klasse von dir. Den weiten Weg!" Mit leiserer Stimme fuhr sie fort: „Tja, dann weiß mein alter Joey Bescheid. Tut mir leid, was du so alles mit mir erleben musst."

„Was du jetzt machst, ist deine Sache. Das Foto hatte übrigens einer deiner letzten Verehrer gemacht. Du bist wahrscheinlich für eine Menge Leute klar zu erkennen. Hier!"

Ich reichte ihr mein Handy mit dem Bild und fuhr fort:

„Weiß jemand, dass du hier bist?"

„Nein. Doch, eine gute Freundin war schon mal mit, aber die weiß nicht, dass ich momentan hier bin. Die würde mich auch nicht verpfeifen. Oder für eine hohe Belohnung -"

„Von einer Belohnung wurde nichts gesagt."

Sie überlegte: „Ein paar Deutsche oder Schweizer könnten hier sein oder bald aufkreuzen. Aber -"

„Aber kein Empfang. Kommt die Post ins Dorf?"

„Ja, alle drei Tage. Ich bin erst eine Woche hier. Einfach Urlaub. Um neue Kraft zu tanken. Dann wollte ich in meinem Stil weitermachen. Es lief so prächtig! Aber jetzt sollte ich wohl besser damit aufhören und bald hier abhauen."

Es entstand eine Pause. Wie verabredet griffen wir gleichzeitig zum Glas. Unsere Augen trafen sich. Ich tastete mich vor:

„Verzeih, aber ich bin natürlich auch neugierig, wie es dir so ergangen ist seitdem. Das heißt, wenn du mir was erzählen willst. Muss nicht sein. Aber ich schätze, ganz so plötzlich musst du hier nicht weg, oder?“

„Tja, das wäre eine lange Geschichte. Ist nur im Zeitraffer zu ertragen.“

„Vielleicht fange ich an“, sagte ich, um es ihr leichter zu machen. „Meine ist auch ohne Zeitraffer ganz kurz. Magst du sie hören?“

„Na, schieß los!“

„Zwei erwachsene Kinder. Vor zwei Jahren geschieden. Sie fand mich auf die Dauer einfach zu langweilig. Aktuell ein Hund, der mag mich immer und wartet in der Pension auf mich. Das war's auch schon.“

„Und was machst du beruflich?“

„Geschäftsführer einer Logistikfirma, der es in letzter Zeit aber gar nicht gut geht. Die osteuropäische Konkurrenz -“

„Genau! Von der osteuropäischen Konkurrenz kann ich auch in meinem Metier ein Liedchen singen.“

Wir lachten zum ersten Mal wieder.

„Okay, ich war zuletzt mit einem total lieben Kerl verheiratet, fast zwanzig Jahre. Er starb an Lungenkrebs. Wir hatten ein großes Haus, aber auch hohe Hypotheken drauf. Ich musste verkaufen, aber mir blieb das hier. Du sitzt auf meinem Eigentum.“

„Wie kam denn das?“, fragte ich verblüfft.

„Ganz einfach. Wir waren viel in Oberitalien unterwegs. Er liebte die Südseite der Alpen. Wer nicht? Irgendwann fuhren wir durch dieses Tal. Ich zeigte auf das damals noch verlassene Dorf, und er meinte gleich: „Das müssen wir uns mal näher ansehen." So kam das."

„Zufälle gibt's! Ich halt's nicht aus!"

„Und, na ja, vorher war da noch 'ne Kiste, und zwar eine ganz schräge. Mit gerade neunzehn, damals in Stuttgart, fiel ich auf einen Typen rein, deutlich älter als ich, aber smart, charmant, hatte Lebensart. Es lief ganz gut, bis der bunte Ballon platzte. Veruntreuung im hohen sechsstelligen Bereich. Bei der Verhandlung bekam ich noch andere Geschichten zu hören. Der Höhepunkt war, dass er mich als Mitwisserin, sogar als Anstifterin hinstellen wollte. Ich ließ mich natürlich sofort scheiden. Stand mit Schulden da, für die ich dämliche Kuh lange arbeiten musste. Ach, hören wir auf damit!"

Sie ging ins Haus. Ich hörte Getrappel hin und her, anscheinend suchte sie schon ihre Sachen zusammen. Ich trank aus, ging zur Terrassentür und rief hinein:

„Na dann mach's gut, meine Liebe." Sie rief zurück:

„Komm doch morgen früh noch mal vorbei. Meinetwegen gleich um sechs."

Ich kam gegen halb sieben mit dem Hund an. Sie war schon weg.

Das nachgeholte Date

Sie saß im Café mit Blick auf den Eingang und hatte, nach dem zweiten Cappuccino, schon die Rechnung verlangt, als der junge Mann einige Tische weiter aufstand und auf sie zu kam.

„Verzeihung, Sie sind Vera, nicht wahr?"

„Dann sind Sie Thomas?"

„Ja. Und verzeihen Sie bitte auch, dass ich nicht gleich auf Sie zugekommen bin. Ich wurde durch mein Handy irritiert und wollte erst mal checken, was es da gab."

Sie wies auf den freien Stuhl: „Bitte, wenn Sie mögen."

Er setzte sich. „Ich muss mich noch ein drittes Mal entschuldigen, weil ich nämlich überhaupt zu spät hier erscheine. Ich fand einfach keinen Parkplatz in der Nähe."

„Das Parken hier ist tatsächlich nicht einfach. Ich hatte auch das Problem."

„Sehen Sie, auch das Problem. Aber Sie waren trotzdem pünktlich hier. Eigentlich gibt es für mich gar keine Entschuldigung."

Sie lächelte und sagte: „Nun sind Sie ganz zerknirscht."

„Ja." Ihm fiel zunächst keine Fortsetzung ein, dann fragte er hilflos: „Und wie komme ich da wieder raus?"

Die Bedienung kam mit der Rechnung und ersparte ihr eine Antwort darauf. Sie sagte: „Ich hätte noch ein paar Minuten Zeit. Möchten Sie etwas bestellen?"

„Gern, aber nur wenn Sie -"

„Ich nehme noch ein Mineralwasser."

Die Bedienung nickte und nahm auch seine Bestellung auf. Er lächelte unsicher, wrang die Hände auf dem Tisch und sagte:

„In solchen Momenten hätte man früher gern eine geraucht."

Sie dachte: „Ein abgebrühter Draufgänger ist er nicht gerade" und nahm sich vor, ihm ein wenig auf die Sprünge zu helfen.

„Für eine Sache gewähre ich Ihnen Verzeihung. Das mit dem Zuspätkommen. Das andere ist total okay."

„Das erleichtert mich. Sie sind sehr nett. Sie -" Die Bedienung brachte das Bestellte. „Ich wollte sagen, Sie sehen genau so aus wie auf dem Foto. Genau so, wie ich Sie mir vorgestellt habe. Wenn ich meine Vorstellung verlebendigen könnte, dann sitzen Sie jetzt vor mir."

Sie wußte nicht recht, ob sie das als Kompliment nehmen sollte, und sagte:

„Ist vielleicht nicht ungewöhnlich, dass jemand seinem Foto ähnlich sieht. Ihre Vorstellung in Ehren, aber sie bleibt Ihre Vorstellung. Ich kann ihr nicht entsprungen sein, ich war schon vorher da."

Sie brach ab, denn sie wollte nicht belehrend wirken. Wahrscheinlich hatte er etwas Nettes sagen wollen. Er schaute sie mit großen Augen an. Sie fuhr fort:

„Pardon, ich muss jetzt wirklich los. Aber damit bin ich ja nicht aus der Welt und zurück in Ihrer Vorstellung. Es war zwar kurz, aber nett mit Ihnen, Thomas."

„Darf ich Sie anrufen und wiedersehen?"

„Sie haben ja meine Nummer." Sie legte das Geld auf den Tisch und sagte noch: „Alsdann."

Als Thomas mit seinen Dehnübungen begann, war Damian schon beim Krafttraining mit den Hanteln angelangt und konnte den Begrüßungswink seines Freundes nicht sofort erwidern. Ohnehin war der Ablauf immer gleich. Beide trafen sich einmal die Woche zu ihrem Sportabend. Nach einer halben Stunde an den Geräten ging es ins Schwimmbecken und in die Sauna. Erst auf den Ruheliegen kam es zu so etwas wie einer Unterhaltung. Es waren kurze, eher belanglose Bemerkungen mit langen Pausen dazwischen, denn beiden war es wichtiger, die volle Tiefe der Entspannung zu genießen. Nicht selten verebbte die Unterhaltung ganz, weil einer einnickte.

Sie hatten in der Schule fünf Jahre lang nebeneinander gesessen, bis Damian wegen zu häufigen Abschreibens von Thomas getrennt wurde und prompt das Klassenziel nicht erreichte. Mit anderen Freunden zusammen hatten sie bis in die Studienzeit hinein in einer Jazz-Combo gespielt, bis Thomas an der Disziplinlosigkeit einiger Mitglieder verzweifelte und mit seinem Aussteigen das Ende der Combo besiegelte. Die Freundschaft mit Damian überstand aber auch diese Phase, denn beide blieben in ihrer Heimatstadt und waren auch durch sportliche Interessen verbunden. Beruflich hatten sie verschiedene Wege eingeschlagen. Thomas hatte, im Kielwasser seines Vaters, die Versicherungsbranche angesteuert. In seinem Glaspalast war er bald in eines der oberen Stockwerke aufgerückt, wo die herrliche Aussicht auf die segelbesetzte Außenalster ihn für die Arbeit an Tariftabellen, Säulendiagrammen und Ertragskurven entschädigte. Damian war mit dem Wunsch nach dem schnellen Geld ins Immobiliengeschäft eingestiegen, musste aber erfahren, dass der Weg in die Selbstständigkeit mit harten Lehrjahren gepflastert war. Er konnte so gut sein wie er wollte, ihm war klar geworden, dass er hier, in Konkurrenz mit den alteingesessenen, marktbeherrschenden Maklerbüros, nicht zu Reichtümern gelangen würde, und hatte schon begonnen, seine Chancen in anderen Städten zu sondieren.

Thomas tickte Damian an. „He Alter, aufwachen, Chef kommt!"

Zum Schluss besuchten sie immer die angeschlossene Bar, um ihren Flüssigkeitspegel wieder auf Normalstand zu bringen. Hier kam es dann meist auch zu dem, was man ein Gespräch nennen kann.

„Na, wie läuft's denn so, ich meine mit deiner neuen Eroberung?", fragte Thomas.

Solange er zurückdenken konnte, war Damian immer der aktivere und auch erfolgreichere gewesen, wenn es um Eroberungen ging. Er konnte nicht begreifen, wie ein hübsches Mädchen nach dem andern sich so schnell einwickeln ließ. Sie mussten doch merken, dass Damian nur ein Ziel verfolgte, nämlich seine Trophäensammlung um ein weiteres Stück zu bereichern. Die meisten Eroberungen gönnte er ihm glatt. Aber wenn eines dieser Mädchen auch ihm sehr gefiel, wenn seine Gefühle ihm sagten, dass sie doch viel besser zu ihm passen würde, dann, ja dann wußte er sich nicht anders zu helfen, als Damian eine Weile aus dem Weg zu gehen.

Thomas verspürte eine heiße Aufwallung. Genau das war einmal passiert. Es war lange her, zu Beginn des Studiums. Er hatte sich Hals über Kopf in eine Kommilitonin verliebt und war so unvorsichtig gewesen, sie bei einer Fete Damian als eine Bekannte vorzustellen. Sie hatte noch keine Ahnung von seiner heftigen Verliebtheit und verließ die Fete prompt mit Damian. Es dauerte Jahre, bis er sich innerlich wieder für andere Frauen öffnen konnte. Aber eine gewisse Zurückhaltung, ja Gehemmtheit, das war ihm schmerzlich bewusst, hatte er seitdem nie ablegen können.

„Was hab ich denn schon erzählt? Es ist immerhin eine Woche her", sagte Damian.

„Da hast du recht, in einer Woche kann sich bei dir viel ändern."

„Ja, ich weiß nicht. Sie ist einerseits ganz nett, aber andererseits graut's mir bei der Vorstellung, von einer Lehrerin permanent getestet und benotet zu werden."

„Ah, sie ist Lehrerin?"

„Ja, aber wenn du das genau wissen willst, können wir uns ja alle zusammen mal treffen. Wie wär's? Vielleicht lerne ich dann auch deine Freundin kennen."

„Ja, ja, klopf auf den Busch! Aber gut, ich werd mich anstrengen."

„Sehr gut, wie wär's am Samstag? Vielleicht erst ins Kino, dann fein essen."

„Okay. Aber ich kann nicht garantieren -"

„Ich auch nicht", fiel ihm Damian ins Wort. „Zur Not machen wir eben einen Herrenabend."

Thomas hatte eine Weile vor dem Kino gestanden und nach links und rechts blickend die Straße abgesucht, als ihm jemand derb auf die Schulter klopfte: „Das ist Freund Thomas." Er fuhr herum und blickte in das vergnügte Gesicht von Damian. Neben ihm stand Vera, der die peinliche Überraschung anzusehen war. Thomas schoss es durch den Kopf, dass er Vera ja gerade vor einer knappen

Woche kennengelernt hatte, dass er sie wohl kompromittieren würde, wenn er dies gegenüber Damian preisgäbe. Aber schon hatte Damian nebenbei „Das ist Vera" gesagt und strebte zurück in den Kassenraum, aus dem beide gekommen waren. Veras Blick ruhte einige Momente auf Thomas, so als versuchte sie seine Gedanken zu lesen. Dann folgten beide wortlos Damian.

Der Film, eine überdrehte französische Komödie, war ganz nach Damians Geschmack. Er lachte oft und laut und ließ sich dabei vom Schweigen der beiden anderen nicht stören. Thomas saß rechts neben Vera, seine Aufmerksamkeit galt ihr. Er nahm aus den Augenwinkeln wahr, wie Damian sich ein paarmal zu Vera wandte, offenbar mit Kommentaren zum Film. Sie neigte dann ein wenig den Kopf zu ihm hin und nickte, ließ aber ihre Hände während des ganzen Films auf ihrer Handtasche ruhen. Um nicht in Veras Augen als beleidigter Spielverderber dazusitzen, stimmte Thomas nach einer Weile in Damians Lachen ein. Auch Vera schien ihre Verblüffung zu überwinden und wurde lockerer. Thomas sog ihr feines Parfüm ein und hoffte auf eine zufällige Berührung der Ellbogen oder der Füße, doch vergeblich.

Nach dem Kino wollte Thomas sich verabschieden, doch Damian protestierte heftig. Das könne er ihnen doch nicht antun, es sei schon ein Tisch beim Italiener ganz in der Nähe bestellt. Auch Vera wäre bestimmt sehr enttäuscht.

„Bitte, Thomas", sagte sie mit einem so ermunternden Lächeln, dass er nicht anders konnte.

Am Tisch bestellte Vera das vom Kellner empfohlene Gericht. Thomas schloss sich ihr an, während Damian etwas ganz oben in der Preisskala wählte.

„Nach dem drolligen Film möchte ich nicht, dass mir beim Essen das Lachen vergeht", grinste er und fügte hinzu: „Ihr seid übrigens eingeladen. Widerspruch abgelehnt."

Als alle ein Glas in der Hand hatten, schaute er abwechselnd zu Vera und Thomas und meinte gönnerhaft: „Ihr beiden solltet bitte umgehend auch auf „du" umschalten. Widerspruch möglich, aber zwecklos."

Vera stieß mit Thomas an, beide dann mit Damian. Damit schien Damian sein Pulver verschossen zu haben. In Gedanken war er wohl schon mit seinem Essen beschäftigt. Thomas sprang ein, indem er an den Film anknüpfte und das typisch Französische des Humors zu beschreiben versuchte. Vera ging sofort darauf ein und nannte einzelne Szenen, an denen sie die französische Mentalität in fast dozierendem Ton verdeutlichte. Thomas fragte erstaunt nach.

„Ja, ich habe Französisch studiert. Es ist eines meiner Lehrfächer. Genauer gesagt, ich bin Referendarin im ersten Jahr."

Beide fuhren eifrig in ihrer Analyse des Films fort, während Damian sein Glas leerte und ein zweites bestellte. Dann entschuldigte er sich und ließ sie allein.

Thomas und Vera verharrten einen Moment stumm. Dann sagte Thomas leise und vor sich hin blickend:

„Jetzt ist mir klar, warum du meine Einladung nicht angenommen hast. So eine Konstellation bringt auch nur ein dämlicher Computer zustande."

„Das haben wir beide so nicht gewollt. Bitte versteh, ich konnte wirklich nicht ahnen, dass du mit Damian befreundet bist. Er hat zwar erwähnt, dass er mit einem Freund immer mittwochs zum Fitness geht, aber er hat keinen Namen genannt. Und du warst anscheinend genauso ahnungslos.“

„Ja, aber -“

Thomas brach ab, um nicht etwas zu sagen, das irgendwie nach einem Vorwurf klingen könnte.

„Du fragst dich, warum noch ein Date mit dir, obwohl ich doch schon Verabredungen mit Damian hatte. Ich gebe zu, das war nicht ganz fair ihm gegenüber. Aber ich war mir unsicher geworden. Mehr will ich nicht sagen, außer vielleicht noch, dass ich keinen Grund sehe, das Date mit dir zu bedauern.“

„Ich hatte so sehr auf ein weiteres gehofft, Vera, aber natürlich nicht unter diesen Umständen.“

Sie mussten einhalten, ihr Essen wurde serviert. Sie hatten schon zu speisen begonnen, als Damian zurückkam. Er spielte missmutig mit dem Handy, bis endlich seine opulente Platte mit Meeresfrüchten kam.

Es wurde nicht mehr viel gesprochen. Sie gingen zum Parkplatz, wo Vera sich verabschiedete und in ihr Auto stieg. Die beiden Freunde sahen sich etwas ratlos an. Damian fragte:

„War was Besonderes mit euch, als ich weg war?“

„Nein, nein, wir haben uns eigentlich ganz nett unterhalten.“

„Irgendwie komischer Abend. Das Beste daran war der Film und der Langustenschwanz. Na schön. Wir sehn uns dann am Mittwoch.“

Am Donnerstagabend darauf klingelte es bei Thomas, er erkannte sofort Veras Nummer.

„Vera?“

„Hallo Thomas. Ich rufe an, weil ich nicht möchte, dass du enttäuscht bist. Aber erstmal: Kann ich frei reden?“

„Klar. Kein Mensch hier weit und breit.“

„Gut. Wie fang ich an? Also, das Zusammentreffen am Samstag war natürlich für dich und für mich ein ziemlicher Schock. Das ist nun nicht mehr zu ändern. Ich hatte dir ja schon erklärt, oder angefangen zu erklären, wie das gekommen war.“

„Vera, du musst dich nicht rechtfertigen. Ich habe nachgedacht, du hast nichts verkehrt gemacht. Um es gleich zu sagen, du bist mir mit deinem Anruf zuvorgekommen, ich wollte dich nämlich heute Abend selber anrufen. Du weißt, gestern hab ich Damian getroffen.“

„Genau, euren Abend wollte ich noch abwarten.“ Sie machte eine kleine Pause. „Dann hat Damian es dir schon erzählt?“

„Er hat gesagt, dass du ihn angerufen hättest. Schlussstrich und so.“

„Ja, so ist es. Ich kam mir vor wie in einer Sackgasse. Ich spürte von seiner Seite einfach zu wenig Bemühung. Der Samstagabend hat es auch wieder gezeigt. Wer sich nett mit mir unterhalten hat, das warst du. Das Interesse war offenbar einseitig, und auch bei mir sank es zum Schluss hin gegen Null. Das ist eindeutig zu wenig. Aber ich will dich nicht mit einer Beziehungsanalyse aufhalten.“ Sie hörte ein „Hm“ und fügte hinzu: „Beziehung ist da eigentlich schon zu viel gesagt. Wir sind vor dem Samstag genau viermal zusammen ausgegangen."

„Ich glaube dir jedes Wort. Aus Damian war nicht herauszuhören, dass er übermäßig leidet. Wie ich ihn kenne, ist er gar nicht auf der Suche nach einem Hafen. Er ist lieber ewig auf Entdeckungsfahrt. Eigentlich müsste man ein Warnsignal aufstellen."

„Ihr scheint da sehr verschieden zu sein."

„Das sind wir. Nicht nur darin. Aber das ist wohl auch der Grund, warum wir nun schon so lange Freunde sind."

„Es täte mir sehr leid, wenn ich eure Freundschaft gestört hätte."

„Noch ist nichts gestört. Von mir hat er nichts erfahren von meinem Date mit dir und von dir anscheinend auch nicht. Er hat jedenfalls nichts darüber verlauten lassen."

„Ich hielt es für besser, ihm nichts zu sagen. Du hast ja auch eigentlich nichts damit zu tun, dass ich Schluss gemacht habe. Zwischen ihm und mir stimmte es einfach nicht. Es war ein Irrtum."

In Thomas' Kopf zog alles, was zwischen Vera und ihm bisher gewesen war, noch einmal vorbei. Nun war alles geklärt. War auch alles erledigt? Nein, für ihn konnte es nicht vorbei sein. Er hatte den Eindruck, dass auch Vera ihn mochte.

„Das war eine ordentliche Achterbahnfahrt für mich, und für dich auch. Aber vielleicht ist sie noch nicht zu Ende, was meinst du?"

„Es gibt ja nicht nur Loopings dabei", sagte sie.

„Liebe Vera", traute er sich, „du warst beim ersten Mal, wenn ich das richtig erinnere, nicht ganz abgeneigt, ein nächstes Date mit mir zu wagen. Ich wünsche mir nichts so sehr, als dass wir das nachholen.“

„Einverstanden, gern.“

„Wunderbar, Vera. Vorher will ich aber unseren Damian einweihen. Das ist nur fair und entspannt die Lage, denk ich mal, für uns alle drei. Schließlich kann ich mit ihm ja nicht einfach Schluss machen so wie du.“

Vera lachte: „Na, ich sehe schon, den werde ich nicht ganz los.“

Ein Freigänger plaudert

Ich hab mich schon ganz gut eingerichtet. Am Anfang bin ich viel mit meinem Fahrrad herumgezogen und hab mir gemerkt, wo was Brauchbares war, mal'n Brett, mal ne Folie oder so was. Das hab ich dann nachts abgeholt. Hier in der Gegend gibt's auch ne Menge Wochenendhäuschen. Die meisten hab ich schon durchstöbert. Nicht zu glauben, wie manche ausgestattet sind. Da findet man alles, Mausefallen, Gaskocher, Rasierapparate, Schlafsäcke, Zigaretten, Konserven, Gesöff, Gleitcreme, Kondome – einfach alles. Nur selten Bargeld, leider. Ich kann es mir leisten, immer nur das Beste mitgehen zu lassen. Manche Sachen hab ich sogar wieder zurückgebracht, wenn mir was anderes besser gefiel. Ich weiß, das klingt verrückt, aber ich mag nun mal keinen sinnlosen Schrott um mich herum. Auch ein Radio hab ich, stell es aber fast nur für meine Mucke an, um die Batterien zu schonen. Ich hol mir immer die gratis Lokalblättchen mit der vielen Werbung drin, noch nie hab ich da was von einem Einbruch gelesen, wo ich infrage käme, oder dass einer was vermisst. Ich hab überlegt, ob ich mir ein Handy zulegen soll. Ginge ziemlich einfach, aus irgendeinem Umkleideraum. Aber Achtung! Man könnte mich damit ja orten. Ob ich hier überhaupt Empfang hätte? Außerdem, mit wem soll ich schon reden?

Ja, das liebe Geld. Da fiel mir der Mercedes-Fahrer auf dem Autobahnrasthof wieder ein, wie der mit einem Greifarm Pfandflaschen aus den Abfallcontainern gefischt

hat. In null Komma nix hatte der den ganzen Sack voll. So
was mach ich jetzt auch, nur leider ohne Mercedes und
Greifarm. Dafür kann ich mir ein paar Extras leisten, zum
Beispiel mal'n Lottoschein.

Die meiste Zeit lieg ich auf der Matte und denke darüber
nach, was ich mache, wenn es richtig kalt wird. Aber das ist
noch lange hin. Die meisten Wochenendhäuser, das hab
ich schon rausgefunden, werden ganz selten benutzt. Im
Winter wahrscheinlich nie. Einige liegen so versteckt, dass
keiner mitkriegt, ob da einer wohnt oder nicht. Wenn da
kein Auto steht und keine frische Spur hinführt, kommt
kein Mensch auf die Idee, dass da einer ist. Also, ich glaub,
da mach ich mir unnötige Sorgen.

Jetzt ist es erstmal sehr schön hier. Hier hört man kein
Auto, nichts. Ich bin in der Stadt großgeworden, müssen
Sie wissen, da fallen einem fast die Ohren ab von dem
dauernden Lärm, schlafen kann man auch kaum. Wir
wohnten in der Nähe einer Unfallklinik. Da kann man sich
vorstellen, dass ich nichts so hasse wie Martinshörner Tag
und Nacht. Hier hör ich nur die Blätter rauschen oder den
Regen, und die Vögel. Nachts nicht mal die Vögel. So
wunderbar geschlafen hab ich noch nie. Ehrlich, ich wusste gar nicht, dass es so was gibt. Ein paarmal bin ich allerdings von komischen Geräuschen wach geworden, hörte
sich an wie Grunzen oder Stöhnen. Bei meinem Opa in
Ferien hab ich so was mal aus dem Garten gehört. Er
meinte, das wären Igel in der Brunft. Eine Lautstärke, unwahrscheinlich! Als ich rausguckte, war nichts zu sehen.
Nachts mach ich alles dicht, sonst gehn die Viecher mir
noch an die Vorräte. Lästig sind nur die vielen Mücken am
Abend, dann rauch ich eine zur Selbstverteidigung oder

lass ein Feuerchen qualmen. Natürlich könnte ich auch reingehn in der Zeit, aber gerade die Dämmerung find ich so toll, die erleb ich ganz intensiv. Da spür ich von Minute zu Minute, wie ich innerlich zur Ruhe komme. So als würde ich ganz langsam runtergedimmt. So'n Psycho-Onkel würde sagen, dann bin ich ganz bei mir, oder ganz ich selbst, oder so was in der Art. Kann ich wirklich nur empfehlen.

Ich hab ihn beobachtet, wie er mit dem Rollator vom Einkaufen nach Hause zuckelt. Er wohnt abseits, direkt am Waldrand. Nur am Wochenende steht da schon mal'n Auto für ne Stunde oder so, immer dasselbe, aus dem Landkreis hier. Im Dunkeln hab ich mir mal das Namensschild angeguckt, nur ein Name, obwohl das Haus ziemlich groß ist, mit zwei Garagen, Veranda und so. War meistens auch nur in einem Raum Licht. Dann hatte ich die Idee mit den Lokalblättchen, die ja überall kostenlos verteilt werden, wegen der Reklame im Beipack. Nur er liegt dafür zu weit ab. Zwei drei Wochen lang hab ich ihm die in den Kasten gesteckt und geguckt, was der sonst so kriegt. Dann hab ich geklingelt. Es dauerte ne Weile, bis er an die Tür kam, ziemlich klapprig, machte auch nicht die Sicherheitskette ab. Ich sagte, ich bin der Zeitungsausträger, ob er wohl vergessen hat, die von der letzten Woche rein zu holen, die steckten noch im Kasten. Ja, das hätte er wohl vergessen.

„Junger Mann, werden Sie mal so alt wie ich, das ist kein Spaß."

Ich gab ihm die neuen Blätter. Er reichte mir den Schlüssel zum Postkasten.

„Seien Sie so freundlich.“

„Mach ich gern.“ Er nahm die Blätter und sagte:

„Sehr nett von Ihnen, junger Mann.“

Es ließ sich so gut an, dass ich ganz vergaß, ihm den Schlüssel zurückzugeben. Er hatte die Tür schon wieder zugemacht, als ich aufs Fahrrad stieg und den Schlüssel in meiner Hand fühlte. Ich klingelte nochmal, entschuldigte mich und gab ihm den Schlüssel. Er schien auch zu lächeln, aber ziemlich gequält, war ihm peinlich, den Schlüssel selber auch ganz vergessen zu haben.

Von da an kamen wir immer besser ins Gespräch. Er wohnt allein in dem Haus, hat eine Tochter, die ihn ab und zu besucht.

„Ich weiß nicht, wie lang ich das noch alleine hier schaffe, die Beine wollen nicht mehr so recht.“

Er sagte, den kleinen Supermarkt im Dorf könnte er mit dem Rollator noch schaffen, wenn er sich gut fühlt.

„Aber wenn der dicht macht, was dann?“

Er hat im Dorf keine Verwandten, obwohl das sein Elternhaus ist.

„Wenn man so alt ist wie ich, dann sind die Freunde von früher längst gestorben, der Rest ist weggezogen. Und wer hat schon Lust, sich mit einem alten Mann wie mir abzugeben? Da überlegt doch jeder, was er sich am Ende auflädt.“

Ich bot ihm an, seine Einkäufe zu besorgen. Ich würde nicht weit von hier wohnen und käme sowieso regelmäßig vorbei. Er wollte sich das überlegen, aber erst mit seiner Tochter reden.

„Übrigens heiß ich Bulli", sagte ich noch. Ist ein Name, aber auch wieder keiner. So hat er mich dann immer genannt.

Gleich beim nächsten Mal kam er auf mein Angebot zurück. Ich mache also die Einkäufe für ihn. Zweimal die Woche, zusammen mit den Blättchen. Gibt jedes Mal einen Zwanziger. Herr Kurths lässt mich jetzt auch ins Haus. Wir trinken schon mal einen Kaffee zusammen und reden so über alles Mögliche, das heißt, meist redet er, über früher oder was er so denkt. Er will unbedingt so lange wie möglich in dem Haus bleiben und keinem zur Last fallen, besonders nicht seiner Tochter. Die hätte schon genug zu tun. Er hat auch einen Sohn, der lebt aber in Kanada, lässt nur selten was von sich hören. Manche Dinge erzählt er zweimal oder dreimal, mal ist es so und dann hört sich das wieder anders an. Manchmal will er was erzählen, plötzlich ist es aber weg. Ich kenn das ja zur Genüge. Meistens ist er aber noch ganz gut drauf, besonders über die Politik kann er sich richtig witzig aufregen.

Natürlich hat er mich irgendwann gefragt, was ich denn so arbeite. Ich hab ihm erzählt, im Moment wär ich auf Suche und würde nur ein paar Gelegenheitsjobs machen. Ich hätte zuletzt in der Pflege gearbeitet, aber zu viel Zoff mit der Chefin gehabt. Die kannte nur eins, immer noch mehr Personal einsparen. Man war immer im Laufschritt unterwegs, tagsüber im Trab und nachts im scharfen Galopp. Stimmt ja auch soweit. Vorher hätte ich beim Bund den Sanitäter gemacht, wär eine prima Zeit gewesen. Er hörte sich das alles an und unterbrach mich nicht ein einziges Mal, was er sonst nämlich dauernd tut, weil er halt lieber selber redet. Endlich kann er ja wieder.

Es dauerte nicht lange, da meinte er, wir sollten uns mal mit seiner Tochter treffen. Ich ahnte schon, was die vorhatten. Klar, dass ich da einen guten Eindruck machen musste. Also brauchte ich unbedingt einen Ausweis. Konnte nicht schwer sein, denn so wie ich aussehe, sieht fast jeder dritte aus, ohne besondere Merkmale. Hier auf den Dörfern steht immer irgendeine Tür zu den Umkleideräumen offen, wenn die Jungs draußen Fußball spielen. Zwei drei Versuche und schon ich hatte was Passendes. Ich wusste gar nicht, dass ich so sympathisch gucken kann. Den Führerschein nahm ich auf Vorrat auch gleich mit, man weiß ja nie. Der Name ist absolut genial, geht immer, landesweit. Nur gefallen tut er mir nicht gerade. Mir geht es bei solchen Namen immer so, dass ich mir die schlecht merken kann, weil die sind so total nichtssagend. Bei ausgefallenen Namen hab ich keine Probleme. Jetzt heiß ich also Meyer. „Gestatten, Kevin Meyer." Mir wird bald schlecht. Was für ein Abstieg! Richtig heiß ich wenigstens Obermeier, echt jetzt. Das bleibt aber unter uns, verstanden?

Es lief dann ungefähr so, wie ich mir das vorgestellt hatte. Sie stellte sich mit Müller vor, ich kam mit Meyer raus. Wir mussten lachen, was schon mal gut war. Sie dankte mir, dass ich mich so nett um ihren Vater kümmerte. Selber wohnt sie in der Stadt, sind jedes Mal dreißig Kilometer, außerdem ihr Mann schwer herzkrank. Dann würde ich ja auch schon wissen, dass ihr Vater nicht aus dem Haus hier weg will, solang er irgendwie die Stellung halten kann.

„Vater hat mir erzählt, dass Sie im Pflegebereich tätig waren und jetzt eine Arbeit suchen. Da haben wir uns gedacht, wir könnten Sie mal fragen, ob Sie nicht Interesse haben, hier im Haus eine geregelte Tätigkeit in Vertrauensstellung zu übernehmen."

Sie sah, wie ich zu dem alten Mann guckte und der mir eifrig zunickte.

„Sie oder darf ich sagen ihr habt euch doch schon sozusagen angefreundet. Ich würde die Konditionen sehr großzügig gestalten. Wenn Sie also Interesse haben, könnten wir gleich die Einzelheiten besprechen."

Ich musste ein bisschen überrascht tun, klar. Also sagte ich, dass ich noch zwei Bewerbungen am Laufen hätte. Aber es käme natürlich auf die Konditionen an, und hier wüsste ich ja auch schon, was mich erwartet.

„Konditionen klingt so geschäftsmäßig, Sie sind bestimmt Geschäftsfrau?"

War sie auch. Na wenigstens nicht von der Polizei. Sie hatte auch schon eine Art Arbeitsvertrag entworfen. Als ich las, was da stand, sehr ordentliche Bezahlung, freies Wohnen, flexible Arbeitszeit und so weiter, da musste ich mich schwer zusammenreißen, um nicht über sämtliche Backen zu grinsen.

„Ich glaube, Herr Kurths und ich würden prima miteinander klarkommen."

„Das ist schön. Wir kennen Sie zwar schon, aber Sie werden verstehen, dass ich Ihre persönlichen Daten aufnehmen und einsetzen muss."

„Hier bitte." Ich reichte den Ausweis. „Ich hab auch den Führerschein B."

„Sehr gut", meinte sie, „das könnte bald wichtig werden."

Wollten die mir sogar ein Auto hinstellen? Sie fragte dann noch nach Referenzen meiner früheren Arbeitgeber. Ich erzählte ihr von dem Zoff im Pflegeheim, aber sie war gleich zufrieden, als ich ihr meine frühere Dienststelle beim Bund nannte.

„Wann könnten Sie anfangen, Kevin?"

„Na, am liebsten vorgestern", dachte ich, sagte aber: „Wäre es recht, am nächsten Ersten? Ich wohne ja bei meinen Großeltern, da brauch ich nicht lange zu kündigen. Ziemlich in der Nähe, ja."

Am ersten Oktober hab ich dann meinem Wald ade gesagt, etwas traurig schon, denn das war eine Erfahrung, die ich nicht missen möchte. Ich hab alles zugeschaufelt, so als wenn da nie was gewesen wär. Kam mir so vor, als ob ich mein freies Leben begrabe.

Als ich dann reichlich spät so gegen zehn bei Herrn Kurths klingelte, öffnete mir die Tochter und erklärte mir das Nötigste gleich im Flur. Es war nicht viel, was ich zu tun hatte. Der alte Mann war ja noch gut beisammen und hatte bisher alles selber geschafft, bis auf die Einkäufe, die ich ja eh schon machte. Eine Putzhilfe gab es auch, die zugleich die Wäsche besorgte. Ich sollte eigentlich nur aufpassen, dass mit ihm alles richtig läuft, dass er vor allem seine Tabletten regelmäßig nimmt, gesund lebt, öfter mal die Wäsche wechselt und gepflegt aussieht. Ab und zu ein kleiner Gang im Garten oder eine Spazierfahrt zur Abwechslung. Tatsächlich hatte sie mir ein Auto hingestellt, damit ich ihn auch zum Arzt, zum Frisör und so weiter fahren kann.

„Das ist sozusagen Ihr Dienstwagen, aber Sie dürfen ihn auch privat benutzen, wenn es im Rahmen bleibt. Nur möchte ich, dass der Wagen abends immer vor dem Haus steht, damit es bewohnt aussieht. Auch so ein Dorf ist nicht mehr die heile Welt."

Dann gingen wir rein zu Herrn Kurths, der sich sehr freute, mich zu sehen. Sie reichte mir gleich den Arbeitsvertrag, gab mir die Schlüssel für das Haus und das Auto und sagte:

„Auf gute Zusammenarbeit! Ach ja, hier noch der Tablettenplan."

„Prost!", sagte Herr Kurths. Er hatte wohl auch auf einen kleinen Schluck gehofft. Ihr Blick fiel auf meine Reisetasche. Sie führte mich zu einem Zwei-Zimmer-Apartment unter dem Dach. Fernseher, Musikanlage, Laptop, Dusche, WLAN, Bluetooth, alles vom Feinsten. Da lag sogar ein Handy.

„Für alle Fälle", sagte sie. „Sie möchten gleich einziehen? Ihre anderen persönlichen Sachen können Sie ja mit dem Auto holen."

Wieder unten, tippte sie noch auf ein Notizbuch am Telefon.

„Hier sind alle wichtigen Nummern drin, auch meine unter Cora. So, ich hab's leider sehr eilig. Papa, hab ich noch was vergessen?"

„Nein, nein", meinte Herr Kurths, „wir kommen schon klar."

Als die Haustür zuklappte, schnaufte er erleichtert.

„Na, Gott sei Dank!"

Er hatte offenbar Angst gehabt, dass Cora wieder abfährt, ohne auf mich zu warten. Aber ich glaub, er war auch echt froh, dass sie jetzt einfach nur weg war. Denn ich hatte schon gemerkt, dass er ein bisschen auf Opposition macht, weil sie alles über seinen Kopf hinweg regelt und ihn anscheinend nicht mehr für voll nimmt. Tatsächlich, als ich ihn streng angucke und frage: „Na, Herr Kurths, haben wir heute schon die Tabletten genommen?", lachte er und rief mit zackigem Gruß: „Jawohl, Cora!" Wir machten uns einen Morgenkaffee, ich fand Brötchen und langte ordentlich zu. Dann setzte sein Redefluss ein. Meine Hauptarbeit würde darin bestehen, ihm zuzuhören, das war mir schon klar. Ich überlegte in der Zeit, was ich mir zulegen sollte von dem Vorschuss, den sie mir in die Hand gedrückt hatte. Oder war das so ne Art Begrüßungsgeld? Egal. Nach zwei Stunden konnte ich endlich zum Auto hin und auf der Zufahrt ein bisschen üben.

Als ich fragte, was wir denn heute zu Mittag machen sollen, meinte er, wir könnten doch in den Dorfkrug, er lädt mich ein zur Feier des Tages. Danach haben wir noch ne Runde durch die Gegend gedreht. Er kennt da jede Ecke von früher, erklärte mir pausenlos, was sich verändert hatte, freute sich aber besonders, wenn etwas geblieben war wie in alten Zeiten, egal wie vergammelt das aussah. Wir fuhren auch durch das alte Truppenübungsgelände. Da hätte er jahrelang Dienst geschoben. Kurz vor der Pensionierung hatte man ihn noch zum Major befördert. Er war oft versetzt worden, mal hier, mal da, auch im Ausland. Die Familie blieb immer in der Stadt. Täte ihm jetzt noch leid, er wär den Kindern immer etwas fremd geblieben. Hatte ich so ähnlich schon zehnmal gehört - aber Sie hören's ja zum ersten Mal. Ich fragte aus Höflichkeit, wie seine Frau das denn gefunden hatte.

„Wir haben immer gut zusammengehalten, und dann hatte sie ja auch ihr Geschäft und ein großes, offenes Haus. Den Kindern ging es gut, sie konnten sich eigentlich nie beklagen. Nun ist sie schon seit zwölf Jahren tot. Ich werde mich hoffentlich bald neben sie legen. Wir haben ein Doppelgrab hier im Dorf. Die wartet schon."

So drei oder vier Tage, dann hatte ich seinen Tagesrhythmus drauf. Aus alter Gewohnheit steht er leider sehr früh auf, aber er will nicht, dass ich ihm beim Duschen und Anziehen helfe. Dann hört er im Radio die Nachrichten, macht Kaffee, deckt zum Frühstück und wartet damit, bis ich auftauche. Ich sage:

„Einen ausgesucht schönen guten Morgen, Herr Kurths! Gut geschlafen?"

„Wie immer, kurtz und gut!", kalauert er dann.

Erst dachte ich: Welt verkehrt, der bedient ja mich statt ich ihn. Aber er sieht das anscheinend anders, ihm ist nur wichtig, dass einer da ist, den er betexten kann. Ich hör von ihm die Nachrichten nochmal und mit Kurths-Kommentar, meistens auch noch die von gestern und vorgestern. Das liegt einfach an seinem Rededrang, aber manchmal hat er auch die einzelnen Tage nicht mehr auf der Reihe. Zum Beispiel sagt er den Regen von gestern für heute voraus, obwohl die Sonne scheint. Ist schon komisch, sich das Lachen krampfhaft verkneifen zu müssen. Dann beschnacken wir die praktischen Dinge, wie Mittagessen, Einkaufen und so'n Kram. Anschließend hört er wieder Radio oder liest was. Bei seinem Mittagsschlaf kann ich endlich abdüsen.

Das Geld reichte schon mal für ein paar schicke Klamotten und ne coole Frisur. Außerdem hatte ich ein Auto und ein Smartphone und damit so ziemlich die Statussymbole beisammen, um mit den anderen Jungs mithalten zu können. Und mit meinen Großeltern hatte ich auch einen Grund, abends mal weg zu sein. Ein paar Käffer weiter gab's ne Disco-Scheune, ich hatte da aber Probleme, an die Dorfschnepfen ranzukommen. Die Jungs waren extrem wachsam und hatten keine Spur Humor. Also fuhr ich in die Stadt, wo es besser lief. Blöd war nur, dass ich nachts immer mit dem Auto wieder zurück sein musste. Sie waren ja auch mal jung und wissen, dass da vor zwei Uhr nichts Entscheidendes abgeht. 'Ne Weile hab ich das durchgehalten, dann hab ich mir gesagt: Merkt ja eh keine Sau.

Zwei drei Girls, die da regelmäßig abhingen, hatte ich schon ein bisschen im Auge, und an einem Freitagabend so gegen drei, traute ich mich, eine zu fragen, ob wir uns nicht mal treffen könnten. Sie sagte mir eine Handy-Nummer, ich sollte sie morgen anrufen. Tat ich, aber es klappte nicht, die Nummer gab's gar nicht. Natürlich dachte ich gleich: Dieses falsche Biest! Die Woche drauf war sie wieder da und kam ganz harmlos auf mich zu, was denn los gewesen wäre. Hin und her, dann war klar: ich hatte blöderweise eine Zahl doppelt eingetippt. Wir haben uns dann neu verabredet und tatsächlich getroffen. Sie haben das bestimmt auch erlebt, ich hatte sie aus der Disco in Erinnerung, aber bei Tageslicht sah sie ziemlich verändert aus. Wie schnell man altern kann! Sie wohnte noch mit der Mutter und einer jüngeren Schwester zusammen, jobbte in einem Getränkeshop. Wir waren ein paar Wochen zusammen, mit allem Drum und Dran, ging auch ganz gut im

Auto. Nur dann wollte sie mehr von mir wissen, und ich musste höllisch aufpassen, was ich ihr sagen konnte und was nicht. Tja, ich muss Sie enttäuschen, hier ist die Geschichte auch schon zu Ende. Ihr Beuteschema sah wohl anders aus. Kann ich gut nachvollziehen, bei der Figur. Jetzt bin ich mit dem alten Mann wieder allein.

Herr Kurths soll vier verschiedene Tabletten pro Tag nehmen, zwei davon zweimal täglich. Das hatte Cora so eingerichtet. Sie hatte ihm dafür einen idiotensicheren Tablettenspender gebracht, den sie bei ihren Besuchen jeweils für eine Woche füllte, meistens von Sonntag bis Samstag. Das Ding hat sieben Schubladen, darauf stehen die Wochentage. Jede Schublade hat vier Fächer, auf denen steht: Morgen, Mittag, Abend, Nacht. Wenn das Sonntag-Fach, das oberste, leer war, sollte Herr Kurths es ganz unten reinschieben, dafür den Montag nach oben. Wenn sie wiederkam, musste alles leer sein und der Sonntag wieder oben. Herr Kurths hatte das immer peinlich genau so gemacht, denn sonst hätt's einen Heidenärger gegeben, sagt er.

„Ich hab immer am Sonntagmorgen nachgeguckt, ob alle Tage leer waren. Manchmal hatte ich in irgendeinem Fach Tabletten vergessen, die hab ich dann noch schnell im Klo runtergespült."

„Den Stress, Herr Kurths, können Sie sich jetzt sparen. Glauben Sie mir, ich hab meine Erfahrungen mit Tabletten. Nicht jede Pille, die man schluckt, fördert die Gesundheit, sondern jede Pille, die man nicht schluckt. Im Stift sind die Leute meist an den zu vielen Tabletten gestorben. Denken Sie mal an die Nebenwirkungen! Wir

wollen ja beide keinen Zoff mit Ihrer Tochter, deswegen
muss die verbrauchte Menge stimmen. Dafür sorge ich
schon. Aber unter uns, bei mir dürfen Sie ruhig mal ne
Pille vergessen."

Was dazu führte, dass Herr Kurths immer öfter Tabletten vergaß und jetzt höchstens noch jede zweite nimmt.
Am liebsten die in Kapselform, die sind ohne Beigeschmack und rutschen gut. Ich hab den Eindruck, er ist in
letzter Zeit richtig aufgeblüht. Kann aber auch an meiner
Gesellschaft liegen. An der neuen Kurtzweil, wie er sagt.

„Ich hab das Zeug ja nur genommen, weil Cora die mir
aufgedrängt hat. Die hat mich auch von Arzt zu Arzt geschleppt, obwohl mir diese Zunft immer verdächtig war.
Ich werde achtundachtzig, was kann man an mir noch
verkehrt machen? Am liebsten möchte ich bald zu meiner
Frau. Tut mir leid, Bulli, auch wenn Sie dann ihre Stelle
verlieren."

„Aber aber, Herr Kurths! Morgen machen wir wieder ne
schöne Sause, einverstanden?"

Das alte Truppenübungsgelände zieht bei ihm immer.
Da soll es jetzt sogar Wölfe geben. Einmal sind wir bei
Vollmond hin, um mal Wolfsgeheul zu hören. Es tat sich
nichts. Ich heule los, ob vielleicht einer antwortet. Ich
lausche. Plötzlich das furchtbare Geheul direkt hinter mir!
Ich hab mich so was von verjagt! War natürlich mein Herr
Kurths aus dem Autofenster raus. Für solche Späße ist er
immer noch gut. Nur das mit seiner Frau überkommt ihn
leider oft, da kann ich machen, was ich will.

Dann ist es passiert. Eines Morgens hörte ich ihn nicht aufstehen. Er lag im Bett, hatte aber die Augen offen, dreht langsam den Kopf zu mir und sagt:

„Ich fühle mich so schlecht, das Herz."

Ich hab ihm gut zugeredet, dachte aber gleich an die Tabletten zur Herzstärkung und zur Blutverdünnung, die er nicht genommen hatte. Natürlich hab ich sofort den Krankenwagen bestellt und seine Tochter angerufen, die beide fast gleichzeitig ankamen.

Zwei Tage später rief Cora an. Er hing am Tropf, aber es ging ihm schon besser.

„Er fragte nach Ihnen, Sie können ihn besuchen. Bringen Sie ihm doch bitte sein kleines Radio mit den Kopfhörern, dann hört er nicht nur das Stöhnen von seinem Bettnachbarn. Wenn er sich etwas erholt hat, soll er erstmal für ein paar Wochen in die Reha, dann sehen wir weiter. Für Sie ändert sich vorerst nichts. Ich hoffe, Sie bleiben, auch wenn er wirklich Pflege braucht." Na klar würde ich bleiben.

Ich besuche ihn jeden Tag. Mehr als ne halbe Stunde Reden schafft er nicht mehr. Mit dem Radio ist er über alles Mögliche informiert. Wenn er auf die Politik kommt, fallen ihm vor lauter Aufregung manchmal die Namen oder die richtigen Begriffe nicht ein. Ich kann dann selten helfen, weil mich dieser ganze Kram nie interessiert hat. Aber um ihn wieder zu beruhigen, reicht es, wenn ich ab und zu sage: „Sie haben ja vollkommen Recht" oder „Der Meinung bin ich auch" oder „Das muss doch jeder sehen". Von der Reha weiß er nichts. Auch die behandelnden Ärzte sind ihm wurscht. Ihm ist nur wichtig, dass ich jedes Mal verspreche: „Ich werde mich morgen wieder mit Ihnen kurtzschließen, Herr Major." Dann mache ich einen militärischen Abgang, was ihn immer mächtig freut.

Im Haus langweile ich mich furchtbar. Glotze, Internetsurfen, Videospiele, Einkaufen, ein bisschen Rumgurken, und dann dasselbe nochmal anders rum. In meinem Zimmer weiß ich auch schon nichts mehr zu verschönern, alle Wände voll mit schicken Postern. Das Auto kann ich auch nicht dauernd polieren, und auf Gartenarbeit hab ich absolut keinen Bock. Da bin ich jedes Mal froh, wenn Frau Kubczak anrückt. Ist wenigstens ein lebendiges Wesen, wenn auch kein sprechendes, haha, sie kann nämlich kein Wort Deutsch. Sie kennt mich als Kevin, also sage ich zu ihr auch Milena. Sie ist nicht das, was man schlank nennt, aber immer noch sportliche Figur. Wenn man ihre Bewegungen sieht, ich meine beim Putzen, dann glaubt man, das geht nach einem inneren Beat. Ihr Pferdeschwanz wippt dann nur so. Ich gebe zu, da schleich ich gern in der Nähe rum. Auch Herr Kurths linst dann ab und zu über den Rand der Zeitung, hab ich gemerkt. Nachdem ich mir das Hochzeitsfoto auf dem Kamin genauer angesehen hab, kann ich das auch gut verstehn. Ähnlich hübsches Gesicht. Er selbst hatte schon damals eine hohe Stirn, der Rest Haare kurz wie kurtz, natürlich. Sie ist anscheinend gut katholisch. Einmal sah ich, als Cora ihr das Kuvert mit dem Geld gab, dass sie sich bekreuzigte, so wie manche Fußballer, wenn sie endlich eingewechselt werden.

Eines Tages hört sie meine Musik von oben, guckt zu mir und sagt: „Udo Lindenberg." Ich hab ihr dann ein paar alte CDs von dem ewigen Udo geliehen, sie freute sich riesig, steht echt auf den Typ. Als sie die wieder zurückgeben wollte, tat ich großzügig und schenkte sie ihr, hab ich ja sowieso jetzt alles komplett in meiner Mediathek. Sie nahm die tatsächlich an, und was soll ich weiter sagen, sobald wir allein im Haus waren, haben wir bei mir oben discomäßig aufgedreht. Wir haben so ziemlich den gleichen Geschmack in Sachen Mucke. Jedenfalls sagt sie nichts andres, wie soll sie auch.

Nach meiner Erfahrung klappt es am besten, wenn man die Frau kommen lässt, ich meine, wenn man am Anfang einfach abwartet, was die so macht. Vorausgesetzt, sie hat überhaupt Interesse. Bei meinen Eltern war's noch so, dass der Mann betteln und drängeln musste oder direkt einen Überraschungsangriff starten, sonst passierte gar nichts. Hab ich recht? Das machen heute nur noch die Türken. Also, bei Milena da brauch ich mich nicht lange abzuhampeln. Ich stell die Mucke an, hau mich auf die Couch und schon sitzt sie neben mir. Ich zieh mein T-Shirt aus, sie knöpft sich die Bluse auf. Sie hätten jetzt bestimmt gern mehr gehört, aber viel weiter sind wir noch nicht. Sie hat eine kleine Tochter, die in den Kindergarten geht. Wohnen tut sie bei einem Rentnerpaar im Haus, wo sie die alte Frau versorgen muss. Außerdem hat sie noch andere Putzstellen. Hab ich natürlich alles von Herrn Kurths und Cora erfahren. Einen Kerl scheint es bei ihr nicht zu geben. Ich würd ja gern mal mit ihr in Ruhe reden, aber erstens ist sie immer unter Zeitdruck, und zweitens, tja, das mit dem Reden. Aber vielleicht kann ihre Tochter bald dolmetschen.

Herr Kurths war schon drei Wochen in Reha, da ist Milena beim Staubwischen ganz oben in der Bücherwand auf eine Art Schachtel gestoßen, sah ganz aus wie'n Buch, steckte aber voller Geld. Sie war so erschrocken, dass sie damit gleich zu mir kam. Sonst - wer weiß? Wir haben es gezählt, Fünfzigtausend. Der Wahnsinn!

Eher unwahrscheinlich, dass Cora oder Herr Kurths von dem Geld wissen. So was lässt man doch nicht einfach liegen. Wir haben es erstmal ins Regal zurückgestellt. Ich hab versucht, in Milenas Gesicht zu lesen, was die wohl dachte. Ich glaube, sie dachte so ungefähr dasselbe wie ich, jedenfalls hat sie sich nicht bekreuzigt. Ich habe den Finger auf den Mund gelegt, und sie machte das automatisch nach. Komisch, in der Situation hab ich es tatsächlich geschafft, ein paar Sätzchen auf Englisch zusammenzustoppeln, die sie anscheinend sogar verstand, obwohl sie bei meiner Frage „You understand English?" wieder nur blöd guckte. Ich meinte, wir sollten gegenüber Cora und Herrn Kurths so tun, als wüssten wir von nichts, aber indirekt versuchen rauszukriegen, ob die was davon wissen. Man konnte vor allem bei dem Alten nicht so ganz sicher sein. Sie hatte anscheinend kapiert und zeigte auf mich, ich sollte das versuchen. Dann konnten wir uns nicht länger halten, wir haben uns umarmt und eine Weile wie die Verrückten getanzt.

Jetzt ist Herr Kurths wieder da. Nach all dem Reha-Stress ist er nicht mehr der Alte. Er hat abgenommen. Beim An- und Ausziehen muss ich helfen, seine Hände zittern. Dreimal die Woche fahr ich ihn zur Physiotherapie wegen der Beine. Ein Treppenlift ist bestellt. Auch ein Hörgerät braucht er jetzt. Aber er ist im Kopf nicht zu unterschätzen in seinen guten Momenten. Ich überlege dauernd, wie ich es anstellen soll, über die Geldsache Klarheit zu bekommen. Cora kann man wohl beiseitelassen, die kann mit Geld umgehen. Bleibt Herr Kurths. Weiß er was oder hat er mal was gewusst, jetzt aber vergessen? Vielleicht ist es bei ihm nur abgesunken, könnte aber wieder hochkommen? Saublöd wäre es, wenn ich etwas antippe, was bei ihm eine Erinnerung weckt.

Das Geld, hab ich überlegt, könnte gut von seiner Frau stammen. Die war nach dem Autounfall gleich tot. Führte eine Apotheke in der Stadt, denselben Laden hat jetzt Cora. Aber warum sollte sie Geld verstecken und das vor ihrem Mann verheimlichen? War es unversteuertes Schwarzgeld? Wollte sie keinen Streit mit ihrem bestimmt immer sehr korrekten Mann? Wofür war das Geld gedacht? Im Stift gab's öfter den Fall, dass die Leute ihr Geld heimlich bunkerten, um möglichst viel aus der Pflegeversicherung rauszuschlagen und die Angehörigen zu schonen. Dann wäre es aber eigentlich logisch gewesen, Cora und den Sohn zu informieren. Vielleicht wollte Frau Kurths aber auch einfach nur so lange wie möglich abwarten, um sich bis dahin alle Streitereien zu ersparen? Sie war ja total fit, nach allem, was ich weiß.

Anstatt ihn irgendwie auszufragen, bin ich mit ihm wieder mal ans Grab gefahren. Er stand da ne ganze Weile, auf den Rollator gestützt, dann setzten wir uns auf eine Bank in der Nähe. Er fing wieder an, von seiner Frau zu erzählen. Hatte ich alles schon x-mal gehört. Also stocherte ich ein bisschen nach:

„Hat Ihre Frau sich mal Gedanken gemacht über das Alter, ich meine, vielleicht sogar für den Fall, dass sie die Überlebende ist?“

„Das kann man sich nicht aussuchen, Bulli. Es ist anders gekommen. Das einzig Gute daran ist, dass ihr solche Gedanken erspart blieben."

Er hatte offenbar keine Lust, weiter über das Alter, über Krankheiten und so was zu reden und sagte nur noch:

„Gehen wir."

Ich saß da und fragte mich: Hat er meine Frage nicht richtig verstanden oder weicht er absichtlich aus?

Dann hab ich mir gesagt, Mann, warum weiter bohren. Lass die Sache doch einfach ruhen. Du weckst am Ende nur schlafende Hunde. Milena hab ich versucht das so zu erklären: Ich zeigte auf die Schachtel und machte mit den Armen die Aus-Geste wie der Ringrichter beim KO. Sie nickte. Herr Kurths hat in letzter Zeit so abgebaut, dass wir den Rest abwarten können. Er hat wieder ein strammes Tabletten-Programm. Sein Ekel vor dem Zeug ist noch größer als früher. Ich spüle das meiste weg. Man merkt, er will eigentlich nicht mehr, aber er macht den Taffen, besonders wenn Cora aufkreuzt.

Dämlicherweise konnte meine Milena es nicht lassen, es auf eigene Faust nochmal anders zu probieren. Sie hat die Geldschachtel an eine andere Stelle in der Bücherwand getan, ganz unten rechts. Ohne mich zu fragen. Na super! Ich fand das total überflüssig und riskant, aber ich will keinen Ärger mit ihr. Es ging Gott sei Dank gut. Wir haben weder bei Herrn Kurths noch bei Cora irgendeine Reaktion bemerkt. Milena freute sich, so als ob jetzt alles definitiv klar wäre. Soweit ja, aber genau gesehen haben die uns jetzt endgültig in der Hand, denn wir haben verraten, dass wir unsere Finger an dem Geld hatten. Immer vorausgesetzt, die wissen überhaupt was davon.

Einmal kam ich zufällig runter, als Milena gerade die Schachtel rausgeholt hatte und die Kohle nachzählte. Sie lächelte nur und ließ mich mitzählen, so als ob sie mich beruhigen wollte. Was soll ich davon halten? Die Geschichte macht mich langsam total nervös. Ich erwische mich dabei, dass ich jetzt ab und zu selber heimlich nachzähle. Mit Milena läuft es übrigens ganz prima. Sie hat ihre Putzzeit auf seinen Mittagsschlaf gelegt, wo er das Hörgerät abschaltet, und ist dann bei mir oben. Ihre Haut elektrisiert mich. Tolle Frau, kann ich nur sagen! Ich würde ja gerne Pläne mit ihr schmieden. Könnte mir sogar vorstellen, mit ihr nach Polen zu ziehen. Ein komplett neuer Mensch werden. Aber wie soll ich ihr das beibringen? Wahrscheinlich endet das nur in Missverständnissen zwischen uns. Oder sie würde das gar nicht wollen, was ich fast glaube. Ihr und ihrer Tochter geht es ja verdammt gut hier. Meinetwegen könnte das mit uns ja auch ewig so weiter gehen. Nur, unser Herr Kurths macht es wohl nicht mehr lange.

Tja, und dann das! Eines schönen Morgens war das Geld weg. Eine kleine Lücke da rechts unten im Regal. Die Terrassentür war nachts aufgehebelt worden. Ich hab Cora angerufen, die wieder die Polizei. Vorsichtshalber hatte ich mit Einmalhandschuhen die Bücher so gerückt, dass da keine Lücke mehr zu sehen war. Nach Fingerabdrücken hat die Polizei nur an der Terrasse gesucht, denn man konnte nicht feststellen, dass irgendwas durchwühlt war oder fehlte. Es war alles schnell vorbei, aussichtsloser Fall. Was sollte ich machen? Natürlich hab ich gleich an Milena gedacht, aber die zog auch nur ein langes Gesicht, als sie die Bescherung sah.

Genau zwei Tage, nachdem der Treppenlift eingebaut war, hat sich dann auch noch Herr Kurths verabschiedet, ich meine, er lag tot im Bett. Kurtz-Schluss sozusagen. Jetzt liegt er neben seiner Frau. Ich hatte den Alten irgendwie gern. Hat sein Leben lang parieren und sich ducken müssen. So ehrlich, so bescheiden und naiv, wie der war, hat seine ausgebuffte Familie ihn wahrscheinlich nie wirklich respektiert. Hätte ne Tapferkeitsmedaille verdient, so lange durchzuhalten, und das bloß für die Tochter.

Bis Ende des Monats bin ich schon ausbezahlt und darf hier wohnen bleiben. Das Haus wird verkauft. Ein Makler war hier und hat es taxiert. Auch mein Auto wird bald abgeholt.

Ja, und meine gute Milena? Die hat heute die Schlussreinigung gemacht. Das war dann auch schon alles. Wir standen uns ziemlich fremd gegenüber. Ich startete noch einen letzten Versuch:

„Milena, Euro wo? Wo?!"

Sie dreht die Hände nach oben, legt den Kopf zur Seite, zieht die Augenbrauen hoch und rollt die Augen nach schräg unten. Tja, Gott weiß wo. Dieses Bild, wie der Gekreuzigte höchstpersönlich, wird als ihr Andenken bei mir eingebrannt bleiben. Unsere Sprache war die Musik, so kann man es sagen, und die hat ausgespielt. Alles andre war für sie nur Pillepalle. Mich braucht sie nicht.

Wieder in einem Pflegeheim oder Hospiz zu arbeiten ginge leicht, aber ich kenne mich. Mir tun diese armen Schweine leid, die nicht mehr wollen, oder die schon über den Punkt weg sind, wo sie überhaupt noch was wollen können. Ich kann nicht anders, ich muss dann ein bisschen nachhelfen. Nein danke! Ich bin ja noch jung und brauche meine Freiheit, meinen Freigang auf jeden Fall. Den verlänger ich mir nochmal großzügig.

Der Wald war ne prima Erfahrung, muss ich sagen. Jetzt will ich es mal mit 'ner richtigen Großstadt versuchen, da bleibt man länger unbekannt als auf'm Dorf. Da finde ich bestimmt auch echte Kumpels, die sind wie ich. Mit denen ich über alles reden kann, die aber auch das Maul halten können.

Der Fall oder Wie man Krimiautorin wird

Es schneite seit Stunden in dicken Flocken. Auf der Kaimauer stand eine schmale Gestalt, reglos wie eine Statue, zum Wasser hin gekehrt, die Kapuze über den Kopf gezogen. Der schwache Schein der Laternen aus dem nahen Park drang nicht bis hierher. Niemand war um diese Zeit mehr unterwegs, es herrschte vollkommene Stille, nur hin und wieder tönte ein leises Gluckern vom Wasser herauf. Sie hörte es nicht. Ihre Augen waren geschlossen. Sie versuchte, jedes Denken auszuschalten und einen Zustand reiner Gleichgültigkeit zu erreichen, die Loslösung von allem, was sie zuletzt noch erfreut oder bedrückt hatte. Die totale innere Leere schien ihr die beste Vorbereitung zu sein für das, was folgte. Sie wollte den Übergang in das Nichts nicht mit sich geschehen lassen, sondern vorher schon in sich selbst herbeiführen. Es sollte kein spürbarer Übergang, sondern ein unmerkliches, unkörperliches Hinübergleiten werden. Fast war sie bis zu dem Punkt gelangt, da glitt ihr ein Fuß weg, aber sie fing sich wieder. Sie wollte unbedingt die Kontrolle über sich behalten und nahm ihre Auslöschung entschlossen wieder auf. Denn sie war sich sicher, den Punkt wieder erreichen zu können. Sie hatte die Übung in den vergangenen Wochen methodisch betrieben und war jedes Mal zu dem Punkt gelangt, zu Beginn mal langsamer, mal schneller, zuletzt aber immer nach fast exakt fünfzehn Minuten. Sie brauchte nicht auf die Uhr zu schauen, sie hatte ein sicheres Gefühl dafür entwickelt.

Fünfzehn Minuten also. Sie wünschte, der Schneefall würde anhalten, denn er schluckte alle Geräusche und war gut für die Konzentration.

Sie hatte die Augen wieder geschlossen, aber die Lider wollten nicht aufhören, unwillkürlich zu flackern. Das kurze Ausgleiten hatte in ihr den Gedanken ausgelöst, dass sie schon wieder eine gute Gelegenheit verpasst hatte, wie leider so oft in ihrem Leben. Mehr noch, ihr wurde ungewollt klar, dass der meditative Punkt nicht identisch war mit dem wirklichen Ziel, das sie anstrebte. Ihre Erfolge im Hotel waren wiederholbar, hier sollte aber nichts wiederholt werden, hier sollte etwas beendet werden. Sie konnte den Punkt wieder erreichen, ja, aber sie musste dann noch über diesen Punkt hinausgelangen. Warum also überhaupt die lange Vorübung? In ihrem Kopf begannen Schneeflocken durcheinander zu wirbeln, ballten sich zu einem wilden Schwarm. Sie musste - nein, sie konnte nicht darauf warten, wieder auszurutschen -, sie musste endlich springen! Und sie sprang.

Hätte jemand in das Gesicht unter der Kapuze blicken können, er wäre erstaunt gewesen. Ein noch junges, apartes Gesicht, über das einzelne Strähnen von schwarzgewelltem Haar herabhingen. Eine Künstlerin, hätte man getippt. Schauspielerinnen sehen so aus. Hatte man sie am Ende schon im Fernsehen erlebt? In einer dieser Arztserien vielleicht? Als Krankenschwester in Grün, in die man sich, rundum eingegipst und am Tropf hängend, unsterblich verliebte? Als verheulte Ex in einer der vormittäglichen Hausfrauensendungen? Oder in einem der allabendlichen Krimis? Als zielsichere Assistentin des fettleibigbräsigen Kommissars? Als blutverschmierte nackte Leiche in Naheinstellung?

Dabei hatte es so gut für sie begonnen. Schon als sie die Schauspielschule besuchte, posierte sie nebenher für Werbekataloge und war, mit Brille und glatt zurückgekämmtem Haar, in einer Reihe kluger Demonstrationsvideos zu sehen. Zahlreiche Affären, so hieß es, gehörten in Künstlerkreisen zum Geschäft, doch die brachten sie nicht weiter und waren rasch beendet. Ein Zeitvertrag beim städtischen Theater erschien ihr wie das große Los. Sich neben den gestandenen Schauspielern zu behaupten, fiel ihr allerdings nicht leicht. Ihre zarte Stimme trug nicht bis zu den hinteren Plätzen. Bei Gastspielen in Kleinstädten kam es vor, dass jemand „Lauter!" brüllte und dafür den Beifall bekam, den sie für sich erhofft hatte. Dennoch dachte sie später gern an diese Gastspiele zurück, denn nicht nur waren sie besser besucht als die Aufführungen im Stammtheater, sondern auch wegen der herzlichen Atmosphäre bei den regelmäßigen Einladungen nach der Vorstellung.

Tatsächlich hatte sie ihren hartnäckigsten Verehrer nach ihrem Auftritt in einer urigen Scheune kennengelernt. Ein mächtiger Blumenstrauß auf zwei Beinen war hinter der improvisierten Bühne auf sie zu gekommen und sprach ihr seine Bewunderung aus. Als sie dankte und den Strauß ablegte, kam ein junger Mann zum Vorschein und erklärte, er wolle sie jetzt nicht aufhalten, denn man sähe sich ja gleich beim Essen. Irgendwie hatte er es dann auch geschafft, sie auf den Platz neben sich zu lotsen. Während man ringsherum die Tafelfreuden genoss, ließ er nicht nach, mit sanfter Stimme und wohlgeformten Sätzen ihre Aufmerksamkeit zu beanspruchen, mit einem Thema allerdings, das sie nicht im entferntesten interessierte. Er war Numismatiker, mit einer Leidenschaft für die germanischen Brakteaten des Ostseeraums. Vergeblich wies ihn darauf hin, dass sein Essen allmählich kalt wurde. Am Ende, als die Gesellschaft sich in feuchtfröhlicher Stimmung auflöste, nahm er seinen ganzen Mut zusammen und lud sie in ein Café in der Stadt ein, wo er für sie eine Überraschung bereithalten würde. Da es nicht das Stammcafé der Schauspieler war, sagte sie zu.

Sein Strahlen, als sie im Café erschien, änderte nichts an ihrem Vorsatz, höchstens eine halbe Stunde zu opfern und ihn auf eine Vorstellung in vier Wochen zu vertrösten, in der sie auftrete.

„Was machen die Brakteaten?", fragte sie, immer noch ohne rechte Vorstellung, um was es sich dabei handelte.

So gewarnt, ging er auf sein Thema nicht weiter ein, punktete vielmehr mit einer genauen Kenntnis des Theaterstücks, das sie genannt hatte.

„Oh, ist das die Überraschung?", fragte sie.

„Nein dies hier", sagte er, öffnete eine kleine Kapsel und legte eine Art Medaille vorsichtig auf den Tisch. „Das ist ein Gold-Brakteat aus dem Museum."

„Hab ich mir fast gedacht", sagte sie automatisch. Zugleich schoss ihr durch den Kopf: O mein Gott, ein Dieb!

Er fuhr ruhig fort: „Zweiter Teil der Überraschung. Wir legen gemeinsam das wertvolle Stück zurück in die Vitrine."

„Habe ich wirklich einen solchen Einfluss auf Sie?", fragte sie verblüfft.

Im Museum grüßte er nur kurz an der Kasse, führte sie zu der Vitrine, schloss auf, schob das Panzerglas beiseite, legte den Brakteaten in ihre Hand und sagte:

„Bitte da hin."

Sie ließ sich dann doch auf eine Beziehung mit ihm ein, die ihn nach einigen Monaten zu einem Schritt ermutigte, den mitzugehen sie freundlich ablehnte. Warum, das ist ihr in der Erinnerung nie recht klargeworden.

Nach Ablauf ihres Theaterengagements versuchte sie es bei Film und Fernsehen. Stimmliche Mängel waren hier eher der Normalfall. Es war eine vollkommen andere Welt, wo kindliche Piepsstimmchen, unverständliches Genuschel oder dialektales Geknödel als besondere Markenzeichen hoch gehandelt werden konnten. Freilich musste sie erfahren, dass es ganz andere Qualitäten waren, die an ihr entdeckt wurden. Auf einem Traumschiff zwischen Bar und Pool hin und her zu tänzeln und grinsenden Fettklößen Cocktails zu verabreichen, das nahm sie noch hin. Als aber in einem Dutzendfilmchen ihre Rolle einzig darin bestand, dass sie so gut wie nackt eine Leiter herabklettern sollte, während die Kamera von unten ihre Rückenpartie ansaugte, zog sie den Schlussstrich. Das war es nicht, wofür sie ihre Ausbildung gemacht hatte.

Das Replikat des Goldbrakteaten war derweil von ihrem Busenansatz zum linken Schlüsselbein hochgerutscht. Gleich würde der Anhänger ihren Hals erreichen. Soll das Kettchen mich erdrosseln, ich hätte es um diesen lieben Menschen verdient - schnell, bevor da unten - das Seeungeheuer mit aufgesperrtem Rachen – aber dann bin ich ja schon tot - die Schneeflocken tanzen - ich drehe mich mit

- falle schneller als sie - der Schnee macht mir ein weißes
Bette, so weich – wann? - Ein Aufprall stoppte jäh ihren
Bewusstseinsstrom. Sie war von etwas aufgefangen worden, weich und doch fest, es war nicht das Wasser. Sie
spürte, wie sie noch weiter abwärts schwang, nur langsamer. Jetzt war auch das Wasser da, sie tauchte ein, bis über
den Kopf. Jetzt also! Doch etwas hob sie wieder hoch,
über das Wasser hinaus. Wieder und wieder tauchte sie ein,
nur jedes Mal ein bisschen weniger, bis sie am Ende unbe-
wegt dalag und die Arme ausbreitete. Sie glaubte, auf seltsame Weise zwar, am Ziel angelangt zu sein. Dann verlor
sie das Bewusstsein.

Emile, der Krabbenfischer, war von seiner Koje ge-
rutscht und rieb sich die Hüfte. Der Kutter war in leichter
Bewegung, nicht wie von Wellen, sondern um die Längs-
achse schwingend. Seltsam. Er fluchte, erhob sich und
blickte hinaus. Soviel er durch den fallenden Schnee erkennen konnte, lag da etwas in dem Ausstellnetz zum Kai
hin. Er warf sich den Anorak über, nahm die Stablampe
und stieg die verschneite Treppe hinauf. Die menschliche
Gestalt antwortete nicht auf seinen Zuruf. Er zog das Netz
heran, hob sie heraus und trug sie in die Kajüte. Er musste
jetzt schnell handeln, denn die Frau, die er in seinen Armen hielt, war bewusstlos und stark unterkühlt. Kurzerhand ließ er sie zu Boden gleiten, zog sie ganz aus und
legte sie in seine Koje, zog auch sich selber aus und legte
sich dazu, um ihr mit seinem Körper Wärme zu spenden.
Er presste sich an ihren Rücken, rieb ihre Schenkel und
hauchte in ihren Nacken, bis sie erste Regungen zeigte und
stärker zu atmen begann. So weit hatte er offenbar alles
richtig gemacht. Aber wenn sie nun ganz erwachte und

über seine Nähe in Panik geriete? Er stand auf, suchte noch ein paar Decken zusammen und packte die Frau warm ein. Ein paar kräftige Schlucke aus der Cidre-Flasche taten ihm gut. Unschlüssig blickte er von der Flasche in seiner Hand zu der Frau und von der Frau zur Flasche. Der seltsame Gast schien fest zu schlafen. Da es an Bord nichts gab, wo er sonst die Nacht verbringen konnte, schlüpfte er vorsichtig zu ihr unter den Deckenstapel und schlief in der wohligen Wärme bald ein.

Beim ersten Morgengrauen hantierte Emile schon in seiner winzigen Küche, um der Schlafenden und sich ein kräftiges Krabbenomelett zu bereiten. Er hatte unter seinen Kleidungsstücken ein paar besonders bunte ausgesucht und in der Koje für die Nackte bereitgelegt. Es war ordentlich eingeheizt. Ihre nassen Kleider hingen auf Leinen über dem Ofen, BH und Höschen bewegten sich im heißen Luftstrom. Noch regte sich nichts nebenan. Besser, sie wacht alleine auf und kommt erstmal richtig zu sich, dachte er, bevor ich auf der Bildfläche erscheine. Aus dem Spiegel neben der Duschkabine blickte ihm ein starkknochiges Gesicht entgegen, umrahmt von struppigen Haaren und einem an Schläfen und Kinn angegrauten Vollbart. Beschwingt griff er nach seinem nassen Handtuch und hängte es neben das Höschen.

Ein Gang auf Deck sagte ihm, dass die Sicht wieder klar und die See ruhig war. Auch der Seewetterbericht hörte sich gut an. Gestern hatte er einen reichen Fang gemacht. Diese Gewässer wollte er gern wieder ansteuern. Behutsam trat er an die Schlafende heran, sie atmete ruhig und regelmäßig. Nichts hinderte ihn eigentlich, wie gewohnt hinauszufahren. In wenigen Stunden würde er zurück sein, hätte seinen Fang verkauft und könnte sich weiter um seinen Gast kümmern.

Unwillkürlich musste er an seine früheren Besucher an Bord denken. Im Sommer pflegte er seine Einkünfte aufzubessern, indem er Touristen an Bord nahm, ihnen sein Handwerk erklärte und sie die frisch abgekochten Krabben pulen und verzehren ließ. Manchmal kam es vor, dass einzelne Frauen ihn am Ende der Ausfahrt ins Gespräch zogen und auch noch seine Räume unter Deck besichtigen wollten. Nicht immer ging er darauf ein, und am wohlsten fühlte er sich, wenn es für beide nur ein Spiel war. Nach zwei gescheiterten Ehen kam eine feste Beziehung für ihn nicht mehr in Frage. Er hatte zu dem Leben gefunden, das ihm behagte, und empfand eine tiefe Dankbarkeit gegenüber der hübschen Touristin, die als erste bis zu seiner Doppelkoje vorgedrungen war. In spontanem Übermut hatte er ihr angedroht, dass wenn sie übernachten wolle, er sich zu ihr legen müsse, denn es gebe nur diese Schlafstelle an Bord. Sie kam auch den folgenden Sommer. Das war schon lange her. Seitdem hatte er sein Prinzip immer durchgehalten, mehr als eine Nacht kam nicht in Frage.

Er hatte sich nicht getäuscht, der Fang war wieder gut gewesen, der erzielte Preis in Ordnung. Zurück auf dem Kutter, fand er seinen Gast mit dem Krabbenomelett beschäftigt. Beim Anblick der Frau in seinen Kleidern konnte er sich ein amüsiertes Lächeln nicht verkneifen.

„Willkommen an Bord!", rief er und nickte zufrieden. „Ich sehe, es geht Ihnen schon besser. Das freut mich."

Sie betrachtete ihn eine Weile, wie er nach der Wäsche sah und sich dann zu ihr setzte, und sagte dann:

„Sie haben mich gerettet, nicht wahr? Ich muss Ihnen danken, obwohl, eigentlich wollte ich -"

„Ich kann mich natürlich nicht in ihre Lage versetzen", sprang er ein, „aber was ich getan habe, war ganz selbstverständlich. Jetzt sind Sie hier und essen erstmal in Ruhe zu Ende. Ich mache schnell noch einen Tee. Übrigens, ich bin Emile."

Damit verschwand er in die Küche. Als er mit dem Tee und zwei Tassen zurückkam, meinte er auf ihrem Gesicht, das in der Wärme etwas Farbe angenommen hatte, einen Anflug von Lächeln zu erkennen.

„Ich bin in das Netz geplumpst. So war es, nicht wahr? Sie haben bestimmt sehr geflucht über den unbrauchbaren Fang", sagte sie und blickte auf ihren Teller.

„Ja, so war es. Aber Sie sind sehr geschickt gelandet, Sie hätten sich auch verletzen können."

„Ich hatte mir das Ganze schmerzfrei gewünscht, und dann ist es auch so gekommen." Sie machte eine Pause. „Sie halten mich wohl für irre, wenn ich so rede?"

„Es war keine Zeit für lange Überlegungen, sonst wären Sie noch an Unterkühlung gestorben. Sie haben sich bestimmt schon gedacht, dass ich Sie Körper an Körper gewärmt habe." Sie sagte nichts, also fuhr er fort: „Ihre Kleider sind jetzt trocken. Aber lassen Sie sich Zeit. Ich vertreibe Sie nicht. Sie sollten erstmal wieder zu Kräften kommen. Und wichtig ist vor allem ein klarer Kopf, sonst machen Sie das gleich nochmal."

„Wie sagt man? Aus Krisen gestärkt hervorgehen? Leicht gesagt. Ich wollte ganz einfach nicht mehr, und ich sehe auch jetzt nicht, wie es weitergehen sollte. Tut mir leid."

„Ehrlich gesagt, ich möchte nicht, dass Sie in diesem Zustand weggehen. Haben Sie jemanden, den Sie anrufen möchten?“

„Nein, ich möchte jetzt niemanden anrufen. Habe auch niemanden, wenn Sie das meinen. Margo.“

„Wie bitte?“

„So heiße ich. Ich habe mich sozusagen hierher geflüchtet, um über mein Leben und all den Mist nachzudenken. Nach drei Wochen im Hotel bin ich zu dem trüben Resultat gelangt, das Sie miterlebt haben.“

„Hm. Sagen Sie, was ich für Sie tun kann. Oder, wenn Sie wollen, wir überlegen gemeinsam. Sehen Sie, ich bin Fischer, ich habe es von meinem Vater übernommen, gern übernommen. Mein Leben ist sehr einfach, es gefällt mir, so wie es ist. Ich habe eine kleine Wohnung in der Stadt, aber ich schlafe fast immer hier. Das war ihr Glück, jedenfalls sehe ich das so. Oder es war ihr Talisman da.“

„Der? Ja, könnte auch sein.“

„Also, was tun wir? Brauchen Sie einen Arzt oder einen Psychologen? Vielleicht einen Pfarrer?“

„Nein, nein, weder noch. Sie meinen es so gut. Ich habe keine Idee, wie -“

„Also, einmal die Woche treffe ich meine Freunde, die meisten auch Fischer. Das wäre heute Abend. Sagen Sie selbst, ob ich hingehen soll oder hier bei Ihnen bleiben. Ich könnte die Nacht auch in meiner Wohnung schlafen. Allerdings würde ich da gar nicht schlafen können, wenn ich mir vorstellte, Sie sind allein auf dem Schiff. Oder Sie sind einfach verschwunden. Sie sollten jetzt nicht allein sein.“

„Ich wollte, ich hätte die Kraft, mich aufzuraffen und mein Leben wieder in die Hand zu nehmen. Es tut so gut, mit Ihnen zu sprechen. Das ist im Moment alles, was ich weiß. Tut mir leid, aber ich möchte Sie wirklich bitten, mir noch etwas Zeit zu geben. Wenn Sie zurückkommen, fallen Sie nicht ins Wasser! Es ist glatt.“

„Das ist wohl das Beste. Ich meine, dass Sie noch bleiben. Ich tu es gerne für Sie.“ Er fasste nach den Kleidern. „Alles trocken. Wir könnten bis dahin noch einen kleinen Gang in die Stadt machen. Vielleicht möchten Sie etwas aus Ihrem Hotelzimmer holen?“

„Ja, das möchte ich. Es ist nicht weit.“

In den folgenden Wochen blieb das Wetter stabil, und Emile fuhr wie gewohnt hinaus. Oft war sie mit im Steuerhaus und lernte rasch, die Instrumente zu lesen und selbst zu navigieren. Schritt für Schritt übernahm sie Arbeiten, die sie so gut wie er erledigen konnte, und sorgte für kleine Verbesserungen, die das Leben an Bord komfortabler machten. Im Beifang war fast immer so viel guter Fisch, dass er für beide reichte. Sie führte die Küche und verfeinerte den Speiseplan. Emile freute sich über ihre neu erwachte Aktivität und hatte selten Grund, Einspruch zu erheben. Er sparte nicht mit Lob und scherzte, dass er sich um seine Nachfolge allmählich keine Sorgen mehr machen müsse. Mehr zur Selbstbehauptung fügte er jedoch hinzu, sie möge nicht zu viel an sich reißen, noch sei er der Kapitän wünsche keine Revolution an Bord.

An den langen Abenden hörte er gern Radio oder las die Zeitung, die er sich am Kiosk holte. Anfangs hörte und las sie mit. Später sah er sie meist in der Küche am Laptop arbeiten. Gefragt, was sie da schreibe, gab sie zunächst allgemeine Antworten, bis sie dann damit herausrückte, dass sie versuche, alles, was sie und er am Tag getan, erlebt, gesagt oder gedacht hatten, so gut es ging festzuhalten. Er hatte auch bemerkt, dass sie viel fotografierte. Tatsächlich, es sollte eine Art bebildertes Tagebuch für sie beide werden. Er dürfe erst hineinsehen, wenn es fertig wäre. Die Frage, wann es denn fertig sei, lag ihm auf der Zunge, aber er traute sich nicht, sie zu stellen. Denn was käme dann? Es sollte so bleiben, wie es war.

Der erste Verlag schickte ihr Manuskript ungelesen zurück. Der zweite stieß sich an der aufwendigen Bebilderung. Der dritte signalisierte Interesse unter der Bedingung, dass sie auf Farbe verzichtete und überhaupt eine strenge Auswahl der Fotos traf, außerdem mit einer Lektorin zusammen den Text kürzte und überarbeitete. Das Ergebnis war eine Melange aus Autobiographie, Therapieanleitung für Depressive, Kochbuch und Liebesroman, mit dem Titel 'Mein Weg aus der Krise. Bekenntnisse einer Krabbenfischerin'. Es wurde ein Riesenerfolg. Ihre Lesungen waren ausgebucht. Übersetzungen folgten. Es standen Sätze darin wie: „Emile erwachte, küsste ihre nackte Schulter und murmelte: „Ich spüre Salz auf deiner Haut." Sie rekelte sich schlaftrunken und schlang die Arme um ihn." Das Buch weckte Sehnsüchte.

Sie war so arglos gewesen, auch die kleine Küstenstadt zu nennen. Es war Sommer geworden, Leserinnen wallfahrteten zum Ort des Geschehens. Emile war der einzige Krabbenfischer im Hafen und an seinem festen Stellplatz leicht zu finden. Er fuhr mehrmals täglich aus, um den Ansturm zu bewältigen. An seinem Leben mit Margo hatte sich derweil nicht viel geändert. Sie pendelte zwischen ihrer Großstadt, seiner kleinen Wohnung und dem Kutter hin und her. Eines Nachts wurden sie in ihrer Koje von einer Erschütterung wach. Eine Frau hatte versucht, Margos Schicksal zu folgen und das Glück zu finden. Sie riefen den Notarzt. Die Vorfälle wiederholten sich, es wurde lästig. Emile dachte daran, seinen Stellplatz zu wechseln. Im Winter dann, nachts und bei dichtem Schneefall, genau so, wie es im Buch beschrieben war, geschah es ein letztes Mal. Margo war auf einer Lesetour und Emile nicht an Bord. Man fand die Frau mit dem Kopf nach unten tot im Netz hängend. Emile wurde wegen unterlassener Hilfeleistung belangt, die Presse wusste sogar von Mordermittlungen zu berichten. Margo reiste sofort an, um Emile beizustehen.

Der Fall begann sie zu interessieren. Sie arbeitete das Leben der Frau auf, recherchierte in ihrem Umfeld, führte Interviews. Es gab keine ersichtlichen Gründe für einen Suizid, niemand hatte Anzeichen einer Gefährdung bemerkt. War es am Ende ein Mord? Die Idee zu Margos erstem Krimi war geboren. Daraus wurde eine ganze Serie um Frauen, die vom Leben enttäuscht waren, leichte Opfer raffinierter Mörder, die den Verdacht auf andere zu lenken wussten und unentdeckt blieben. Das Rätsel, ob es sich um Einzeltäter oder einen Serienmörder handelte, versprach die Autorin im letzten Band zu lösen.

„Mir kannst du das doch verraten“, bettelte Emile.

Er hatte jedes ihrer Bücher gelesen, obwohl seine Augen schwächer geworden waren. Er fuhr nicht mehr hinaus.

„Mein Lieber, du kannst alles von mir verlangen, doch eine Frau muss ein Geheimnis haben dürfen.“

„Bin etwa ich der Mörder?“

„Das kann dir blühen, wenn du mich weiter mit deiner Neugier plagst."

„Ach, komm schon her, ich habe gerade solche Gewaltphantasien!", knurrte er und zog sie zu sich.

Das war ihre letzte Nacht auf dem Kutter. Drei Wochen später erfuhr sie, dass er auf der Intensivstation lag. Als sie ankam, war er tot.

Herr Unterkircher und sein Sohn

Er brauchte diese halbe Stunde nach Feierabend auf seiner Lieblingsstrecke. Da hatte er die lange Gerade, wo er bis zur Höchstgeschwindigkeit aufdrehte, die Talsenke, in die er fast schwerelos, wie von der Kante einer Sprungschanze, hinabtauchte, die knifflige Ecke an der Brücke, wo er konzentriert abbremsen musste, dann die ansteigende Linkskurve, die er wieder mit Vollgas schnitt. Das Röhren und Heulen seiner schweren Maschine löschte den öden Tag an der Werkbank aus und verschaffte ihm einen köstlichen Geschmack von Souveränität und Freiheit. Die Neue mit ihren 134 PS lag wunderbar zwischen den Schenkeln und hatte ihn auf Anhieb überzeugt. Als er sich auf der gemütlichen Slalomstrecke zum Ausklang entspannt hin und her wiegte, musste er an das schattenhafte Etwas in der Linkskurve denken, das jetzt deutlichere Konturen annahm: ein entgegenkommender dunkler Pkw war offenbar in letzter Sekunde ruckartig ausgewichen.

Das Häuschen in der Vorortsiedlung unterschied sich in nichts von seinen Nachbarn, die nach links und rechts eine exakte Reihe bildeten. Im Winter schien sogar der Rauch aus den Kaminen sich über allen Dächern in den gleichen Kräuselungen zu verflüchtigen. So hatte der schweifende Blick es nicht leicht, an irgendetwas haften zu bleiben, vielleicht an dem ausladenden Blumenfenster mit Alpenveilchen, Kakteen, Birkenfeige, Amaryllis und kupferfar-

benem Gießkännchen, vielleicht auch an dem kleinen Gäs-
teklo-Fensterchen mit der schnörkeligen Vergitterung, die
langfingerige Gelüste eher zu wecken als abzuschrecken
geeignet war. Allein das Vorgärtchen stach durch noch
mehr Akkuratesse in der Anlage und Pflege der Hecken
und Ziersträucher von den andern ab. Mehr als die Hälfte
der einstigen Rasenfläche hatte allerdings dem Stellplatz
weichen müssen, auf dem Herr Unterkircher seinen spie-
gelblanken Mittelklassewagen präsentierte.

Außer dem Auto nannte Herr Unterkircher eine adrette
Frau sein eigen, dazu eine Tochter von siebzehn Jahren,
die ihrem Papi immer noch gern entgegenflog, sobald er
abends die Haustür öffnete, und einen Sohn von neunzehn, von dem er sich manchmal unbehaglich beobachtet
fühlte, so als versuche da einer Schwachpunkte an ihm
auszumachen. Herr Unterkircher tat dieses Gefühl aber
immer als törichte Einbildung ab, war er doch im Grunde
seiner Seele überzeugt, dass in seiner Familie Harmonie,
Vertrauen und Liebe herrschten. Ja, er schalt sich selbst,
wenn solcherart Zweifel und Argwohn in ihm aufstiegen.
Allerdings kam er nicht umhin, sich einzugestehen, dass
ihm mit seinen dreiundfünfzig Jahren die Kinder allmählich über den Kopf wuchsen und dass die Erwiderung der
unermüdlichen Liebesbezeigungen seiner Frau ihm zunehmend schwerfiel. Ab und zu ließ er durchblicken, dass
die hohen Erwartungen seines Chefs und die neuen Ar-
beitstechniken nun einmal seinen vollen Einsatz erforder-
ten. Tatsächlich war auch den Nachbarn aufgefallen, dass
Herr Unterkircher seit einiger Zeit morgens eine Stunde
früher als sonst losfuhr und abends später zurückkam. Er

sprach von konjunkturbedingten Sonderaufgaben, mit denen er betraut worden sei.

Eines Abends stand ein Polizist vor Frau Unterkirchers Tür und sprach ihr routiniert sein Beileid aus. Unfalltot in einer Kurve der Alleenstraße. Untersuchungen seien aufgenommen worden, sie würde, so bald wie möglich, Näheres erfahren. Frau Unterkircher blickte nur starr geradeaus und drückte wie in Trance die Tür zu. Ihrem Sohn, der im Wohnzimmer Fußball guckte, nahm sie wortlos die Fernbedienung aus der Hand und stellte den Apparat aus. In der plötzlichen Stille begriff Erik schnell. Es wurden nur wenige Worte gewechselt. Die Mutter zog sich ins Schlafzimmer zurück. Erik konnte Mona, die mit ihrem Freund im Kino war, erst spät erreichen und nach Hause bitten. Zu seiner Verwunderung fasste sie sich schnell. Beiden war klar, dass sie nun für ihre Mutter denken und handeln mussten, und so waren sie sich bald einig, wen unter den Verwandten, Nachbarn und Freunden sie um Hilfe angehen sollten. Dazu war morgen Zeit. Erik beschäftigte noch etwas anderes:

„Papa und ein Unfall, das passt eigentlich nicht zusammen. Er fuhr doch immer so vorsichtig, und die Strecke kannte er genau."

„Das stimmt. Aber vielleicht war etwas anderes schuld. Die Polizei wird das ja hoffentlich herausfinden."

Eriks Gedanken gingen noch weiter, aber mit Rücksicht auf die Schwester hielt er sie zurück.

Am nächsten Morgen hatte die Mutter wie immer das Frühstück bereitet. Um den leeren Platz herum herrschte eine Weile Stille. Als Erik und Mona mit ihren Überlegungen vom Vorabend anfingen, unterbrach die Mutter sie:

„Als Erstes muss aber die Firma verständigt werden."

„Die erfahren das schon noch früh genug", wunderte sich
Erik.

„Aber die Firma war doch sein Ein und Alles. Und wenn
er jetzt plötzlich fehlt, geht das denn ohne ihn so einfach
weiter?"

„Mama, lass die Firma doch mal beiseite! Die wird auch
ohne Papa klarkommen. Es geht jetzt -"

„Aber -"

Erik warf einen Blick zur Schwester hinüber und fuhr
lauter fort:

„Bitte, Mama! Es geht jetzt um uns, oder? Also, als Erstes rufst du Tante Hilde an, die kann bestimmt für ein paar
Tage herkommen und sich um dich kümmern. Außerdem
weiß die, was in einem solchen Fall zu tun ist."

„Das mit Onkel Hans war ja ganz ähnlich", fügte Mona
wie zum Trost hinzu.

Spätestens seitdem sein Vater zu der weit entfernten
Außenstelle fahren musste, hatte Erik das Gefühl, dass da
etwas nicht stimmte, dass Vater sich selbst und der Familie
etwas vormachte. Seltsam war auch, dass Vater offenbar
kaum Kontakt zu Kollegen hatte, immer war nur vom
Chef die Rede, wenn die Arbeit überhaupt jemals erwähnt
wurde. Erik rief einen alten Schulfreund an, von dem er
wusste, dass dessen Vater bei der gleichen Firma arbeitete,
und bat ihn, ein Gespräch am Wochenende zu vermitteln.

Tags darauf war Tante Hilde da, und während die drei
Frauen miteinander beschäftigt waren, nahm Erik sein
Moped und fuhr die Alleenstraße ab, bis er zu der Kurve
kam, an der es passiert sein musste. Er bemerkte zwei
beschädigte Bäume rechts und links der Straße und auf der

angrenzenden Wiese eine schwarze Fläche, wo es offenbar gebrannt hatte. Erik stellte sich in die Richtung, in die sein Vater nach Hause gefahren war, und hatte sofort eine Vorstellung, wie es abgelaufen sein musste: Der Wagen war rechts gegen den Baum geprallt, dann quer über die Straße gegen den anderen Baum geschlittert und auf der Wiese ausgebrannt. Vater muss in der Rechtskurve das Lenkrad nach rechts gerissen haben. Aber warum? War plötzlich ein Reh aufgetaucht? Gab es Gegenverkehr? Er suchte nach Bremsspuren und Fahrzeugteilen, fand aber nichts außer ein paar Kratzern auf dem Asphalt zwischen den zwei Bäumen. Er ging zu der Brandstelle, auch hier nichts, was ihm weiterhalf.

Der Kollege des Vaters empfing Erik sehr freundlich, sprach ihm sein Beileid aus und fragte, ob der Unfall inzwischen geklärt sei. Erik verneinte und berichtete von seinen eigenen Erkundungen.

„Die Polizei wird alles genau aufgenommen und untersucht haben. In einem solchen Fall wird wahrscheinlich auch der Leichnam des Fahrers obduziert", meinte der Kollege und fügte hinzu: „Entschuldigen Sie, wenn ich das so sage."

„Macht nichts. Klar, das habe ich mir auch schon gedacht. Manchmal war es ja der Alkohol, oder irgendwelche Drogen. Das kann man bei Vater aber alles ausschließen, so wie der war."

„Bestimmt. Ja, Ihr Vater. Was kann ich da sagen? Wir haben am Anfang tatsächlich einige Jährchen in derselben Abteilung gearbeitet. Wir waren jung, in der Kantine haben wir oft zusammengehockt, und manchmal auch nach Feierabend. Der Betrieb wuchs und wuchs, alles zog sich weiter auseinander, und man sah sich seltener. Dann kam die neue Führung, es war wie ein Blitzeinschlag und Erdbeben zugleich. Die Firma wurde komplett umgekrempelt, unsere Abteilung wurde aufgelöst, das Personal neu verteilt. Das war ein radikaler Schnitt, von dem Ihr Vater wahrscheinlich doch zu Hause erzählt hat, so vor sechs Jahren war das. Viele verloren damals ihren Job, eine ganze Reihe wurde in den vorzeitigen Ruhestand geschickt. Unter dem alten Personal, das schwer zu kündigen war, gab es welche, die Glück hatten und aufstiegen, aber auch andere, die allermeisten sogar, die ohne rechte Chance irgendwo weiterwurstelten. Wir hatten uns zuletzt ganz aus den Augen verloren, ich war dann ja auch in der Produktion, er im Vertrieb.“

„Ich hatte den Eindruck, dass Vater mit seiner Arbeit nicht so besonders glücklich war. Vor allem schien er vor seinem Chef einen Riesenschiss zu haben.“

„Das kann so sein. Die neue Führungsriege waren meist junge Typen, mit erstklassiger Ausbildung, aber null Praxiserfahrung. Die wollten nur steil nach oben. Das Klima wurde rauer, was zählte, war Tempo, Leistung, messbarer Erfolg. Die ganze Art zu reden veränderte sich. Efficiency war das Zauberwort. Da konnten viele Ältere nicht mithalten. Ihr Vater und ich waren ja sozusagen noch Leute der ersten Stunde. Damals fing man typischerweise als Azubi an und suchte dann weiter seinen Weg. Ich habe gottseidank mit dreiundzwanzig noch ein Fachhochschul-Studium zwischengeschaltet, damit blieb ich auch für die neuen Chefs einigermaßen interessant.“

„Zuletzt war Vater in einer Außenstelle auf dem Land, wie er sagte als Leiter. Ich habe den Verdacht, das war ein Abstellgleis, nur wollte er es nicht wahrhaben."

„Dazu kann ich nichts sagen. Außenstelle ist an sich gar nicht so übel, da ist man sein eigener Herr, jedenfalls nicht unter permanenter Kontrolle."

„Kann auch wieder sein", gab Erik zu.

„Kann aber auch sein, dass man sich an permanente Kontrolle leichter gewöhnt als an unverhoffte Besuche vom Chef höchstpersönlich", bemerkte der Kollege lächelnd.

Familie Unterkircher gehörte keiner Konfession an. Alles, was mit der Bestattung zusammenhing, sollte ein Institut als Komplettpaket übernehmen. Die Website versprach einen würdevollen Rahmen und einen echt humanistischen Geist. Nur Einzelheiten waren noch zu klären. Dennoch stockte alles, weil kein Termin genannt werden konnte. Die Freigabe des Leichnams ließ auf sich warten, zumal auch die Lebensversicherung des Verstorbenen auf Gutachten und Erklärungen bestand. Immerhin lag die offizielle Rekonstruktion des Unfallhergangs inzwischen vor. Eine Bremsspur, die man kurz vor dem Baum rechts entdeckt hatte, und die Stellung des Lenkrades deuteten auf ein plötzliches Ausweichmanöver. Ein technisches Versagen war nach Untersuchungen am Autowrack unwahrscheinlich. Ein Zusammenstoß mit einem anderen Fahrzeug, auch mit einem Wildtier, konnte ausgeschlossen werden. Ausdrücklich war mit diesen Feststellungen keine Aussage über die eigentliche Unfallursache und eine eventuelle Schuldfrage verbunden. Zeugen gab es nicht.

In der bedrückenden Wartezeit kamen Eriks Gedanken nicht zur Ruhe. Was hatte seinen Vater zum Ausweichen gezwungen? Wenn es ein entgegenkommendes Fahrzeug war, warum hat der Fahrer sich nicht gemeldet? Schwer zu glauben, dass er den Unfall nicht bemerkte. War der Fahrer allein? Sah er darum seine Chance, unbehelligt davonzukommen? Eine andere Frage quälte ihn weit mehr. Kann es nicht doch sein, dass Vater den Tod selbst gesucht hat? Dagegen sprach das Ausweichmanöver. Ein Selbstmörder wäre wohl eher mit hohem Tempo geradeaus gegen einen Baum gerast. Aber konnte das Manöver nicht vorgetäuscht sein? Um einen Selbstmord zu verdecken und der Familie den Makel zu ersparen? Um die Lebensversicherung zu betrügen? Mit Mutter konnte er darüber unmöglich sprechen. Aber er vertraute sich vorsichtig seiner Schwester an:

„Du, was ich dir jetzt sage, kannst du mir versprechen, es für dich zu behalten?"

„Betrifft es Vater?"

„Ja."

„Na los, ich verspreche."

„Sag mal, hattest du nicht auch das Gefühl, dass Papa in letzter Zeit etwas merkwürdig war? Ich meine, er wirkte so gehemmt, irgendwie gequält, unglücklich."

„Na ja, ein bisschen war er das immer schon, so weit ich denken kann. Kann aber sein, dass es zugenommen hat. Vielleicht die berühmte Midlife-Crisis beim Mann."

„Ich glaube, es hatte hauptsächlich mit seiner Arbeit zu tun."

„Kann sein, aber darüber hat er ja selten geredet. Vielleicht mit Mutter, aber auch das glaub ich eher nicht."

„Das war ja gerade das Problem, dass er alles mit sich selbst abmachte. Keiner wusste so richtig, wie es in ihm aussah. Das fiel nach außen gar nicht auf, er konnte ja manchmal auch lustig sein. Aber wir haben ihn tagtäglich erlebt.“

Mona nickte nachdenklich. In die Stille hinein fragte er:

„Kann es sein, dass Papa unter Depressionen litt?“

Endlich war der Leichnam freigegeben. Das Ergebnis der Untersuchungen enthielt keinerlei Überraschungen. Zum Zeitpunkt des Unfalls musste Herr Unterkircher in normaler Verfassung gewesen sein. Keine Anzeichen für einen Herzinfarkt oder Schlaganfall, keine Spuren von Drogen und auch sonst nichts. Durch den doppelten Aufprall hatte er schwere Verletzungen erlitten und war mit hoher Wahrscheinlichkeit bereits bewusstlos, als das Auto in Brand geriet.

Frau Unterkircher war sehr um den würdigen Rahmen, wie sie betonte, bemüht und rief nun die Firma an. Sie hoffte, ihr Anliegen dem Chef vortragen zu können. Es dauerte eine Weile, bis die Sekretärin sich zurückmeldete und sagte, sie habe den stellvertretenden Abteilungsleiter erreichen können. Frau Unterkircher war von dessen einfühlsamen Worten so angetan, dass sie gleich ihn bat, im Namen der Firma eine kleine Rede zu halten. Ihr verstorbener Mann habe doch ganz für die Firma gelebt. Aber selbstverständlich, es werde ihm eine Ehre sein. Dann hörte sie noch:

„Entschuldigen Sie, Frau Unterkircher. - Ja, wer? - Aha. Einen Augenblick. - Da werde ich schon wieder dringend verlangt, Frau Unterkircher. Sie geben dann bitte noch den Termin durch. Bis dahin also.“

Die Rede der Dame vom Institut war ausführlich vorbesprochen worden und enthielt viele rührende Details aus dem Leben des Hingeschiedenen, dessen Porträt in Überlebensgröße, aufgeständert und blumengeschmückt, vor aller Augen stand. Viele feuchte Taschentücher blitzten, als sie abtrat und dem Firmenvertreter ein Blicksignal zusandte.

„Ich bin gebeten worden, im Namen der Firma bei diesem traurigen Anlass ...", begann er. Er sprach von der Erschütterung der gesamten Kollegenschaft, von der schmerzlichen Lücke, die der allzu früh Dahingegangene hinterlasse. Die Firma wisse, was sie ihm in seiner langjährigen Tätigkeit und besonders in der schwierigen Aufbauphase zu verdanken habe. Herr Unterkircher sei ein Urgestein der Firma gewesen, der die Ausbildungsvorzüge der Nachrückenden durch unermüdlichen Einsatz mehr als wettgemacht habe. Darum habe die Firma ihm in Dankbarkeit und Vertrauen zuletzt eine wichtige Spezialaufgabe, die stellvertretende Leitung der Mulsinger Außenstelle, übertragen.

Der Kollege, mit dem Erik gesprochen hatte, hüstelte an dieser Stelle, verschluckte sich dermaßen, dass der Husten nicht mehr zu bändigen war, und verließ, als die Blicke sich auf ihn zu richten begannen, den Raum. Hier und da war Gemurmel zu hören. Der stellvertretende Abteilungsleiter hatte irritiert innegehalten, beeilte sich nun zum Schluss zu kommen und strebte, zunächst in falscher Richtung, seinem Platz zu. Erik schaute zur Mutter, die in sich gekehrt dasaß.

Das Prachtstück zu verkaufen ist mir echt schwergefallen, muss ich sagen. Dieses italienische Design, dunkelrot metallic mit Perleffekt! Eure waren ja nicht schlecht, aber meine war die heimliche Queen im Club, das musst du zugeben. Ich hatte das Modell ja schon vorher gefahren, aber die war das Sahnehäubchen. Schon bei der Probefahrt war ich hin und weg. Lag super zwischen den Schenkeln. Und in den Kurven! Wir waren gleich eine Einheit. Wenn ich dran denke, hebe ich ab! Ging dann ja auch gut weg. Das neue Auto vor der Tür, die Frau hochschwanger, da sieht jeder gleich, warum man verkauft. Nur der erste Interessent, der benahm sich reichlich komisch. Das muss ich dir erzählen. Bestellen wir noch eins? Okay. Übrigens einer vom Biker-Center. Wir sitzen am Tisch, er guckt sich den Kaufvertrag an, sagt: „19. Mai", starrt mich komisch lange an, dann glotzt er an die Wand und macht „Hm". Ich frage: Stimmt was nicht? Er: „Nein, äh doch doch, wollte ich sagen." Ich frage ihn, ob er mit so 'ner so schweren Maschine schon vertraut ist. Er: „Ich hab meine Ausbildung im Biker-Center gemacht, da hab ich fast alle Modelle mal probiert." Na, dann haben wir uns da wahrscheinlich schon mal gesehen, sag ich. Der reagiert da gar nicht drauf und redet einfach weiter: „Nur hatte ich nie das Geld. Jetzt studiere ich. Maschinenbau. Und jetzt ist es endlich so weit." Ich schlag ihm vor, eine Probefahrt zu machen, am besten Alleenstraße. Ich nenne ihm meine Strecke, die bietet ja alles: Die lange Gerade, da kann man voll aufdrehen, dann die Ecke an der Brücke, wo man die Bremsen testen kann, dann volles Rohr die Linkskurve hoch, da merkt man die PS. Ich wollte noch auf die Slalomstrecke kommen, aber der murmelt ganz abwesend vor sich hin:

„Brücke - Linkskurve - die Linkskurve." Steht auf, sagt:
„Ich muss einmal drüber schlafen. Bis morgen zehn geb
ich Bescheid. Wenn nicht -" Alles klar, sag ich, und schon
ist er weg. Meldete sich auch nicht wieder. Was soll man
von so einem Heini halten?

Schwanengesang

Wie immer um 18 Uhr erhob er sich vom Schreibtisch, sehr behutsam, denn die Hose löste sich nur zäh von dem Kunstleder des alten Stuhls, atmete tief durch und schlenkerte mit den Beinen. Dann bewegte er seinen massigen Körper hinüber zum Ohrensessel am bodentiefen Fenster und blickte lange hinaus in die sinkende Dämmerung. Die Gartenamsel huschte heran, äugte, kreischte auf, so als würde sie dem reglosen Betrachter auch anderes zutrauen, und verschwand im Efeu der Mauer. Nun war alles dunkel und still. Heute war ein guter Tag. Einen wichtigen Abschnitt der Einleitung zu seinem Werk hatte er gestern in einer modisch aufgeputzten Diktion formuliert, um sich zu beweisen, dass er noch nicht zum alten Eisen gehört, dass er es mit den karrieregeilen, breitspurigen Nachwuchswissenschaftlern immer noch aufnehmen kann. Heute morgen jedoch war ihm dieser Text so fremd und schal vorgekommen, dass er ihn kurzerhand getilgt und durch, wie er meinte, solide Arbeit ersetzt hatte. Mochte er damit auf die jungen Fachgenossen vielleicht etwas bieder wirken, dafür wiegte er sich in dem Gefühl, sich selber treu geblieben zu sein.

Gleich wird seine Frau ihn zum Abendessen rufen. Sie hatte sich angewöhnt, nur kurz an seine Tür zu klopfen, um dann mit ihren Vorbereitungen fortzufahren. Für ihn war diese sachte Erinnerung aber auch ein Zeichen für die Wertschätzung seiner Arbeit, bei der er nicht unnötig ge-

stört zu werden wünschte. Sie wird bestimmt bald wieder
zu unserer Tochter fahren wollen. Gut, dann wäre er allein
und könnte in voller Konzentration seinem Werk, an dem
er nun schon sieben Jahre seit seiner Emeritierung gearbeitet hatte, den letzten Schliff geben. Die Summe meiner
Forschungen, mein Opus maximum, lächelte er in sich
hinein.

„Komme sofort“, rief er, und als er die Küche betrat,
hörte er seine Frau sagen:

„Ingeborg hat angerufen, sie könnte mich mal wieder gut
brauchen. Sören geht für zwei Wochen auf eine Geschäftsreise nach China, Südkorea und sonst wohin.“

„Na dann lohnt sich dein Einsatz ja so richtig.“

„Du meinst also, du kommst so lange ohne mich zurecht?“

„Keine Sorge, du weißt, ich habe zu tun, und das Essen
und Schlafen werde ich schon nicht vergessen. Ich ruf dich
gern jeden Abend an, und du kannst mir dann von deinem
täglichen Kleinkrieg mit den Gören berichten.“

„Ich denke auch, dass es gerade jetzt gut passt. Wenn ich
das richtig mitbekommen habe, bist du mit deiner Geschichte ja fast fertig und hoffentlich ganz durch, wenn ich
zurückkomme. Wir könnten dann ganz entspannt an unsere Reise denken, auf die ich mich schon so freue.“

„Na ja, es ist noch nicht vorbei, wenn ich das abgegeben
habe. Ich kriege dann vom Verlag wahrscheinlich einen
Zeitplan, bis wann die Korrekturen zu erledigen sind, und
das kann sich hinziehen.“

Sie blickte lächelnd zu ihm hinüber: „Ich weiß, Schatz,
du tust dein Bestes und denkst dabei auch ein klein wenig
an mich.“

Er lenkte ab: „Hat Christian sich mal wieder gemeldet?"

„Ich habe vorhin selber angerufen, jemand nahm ab, meldete sich aber nicht, auch als ich nachfragte. Ich hörte nur Atmen, dann wurde aufgelegt. Merkwürdig, aber vielleicht hat er wieder eine neue Freundin, und die war entweder nur neugierig, wer da wohl anruft, oder sie erkannte die Nummer, traute sich aber nicht."

„Unser Christian. Na, wenn der was braucht, wird er sich schon melden."

Nach dem Abendessen gingen beide, wie er gern sagte, ihrem Abspann nach. Sie schaute meist Krimis im Fernsehen oder Arztserien. Er trottete zurück in sein Arbeitszimmer, nahm ein Buch zur Hand oder hörte Musik. Heute blieben seine Gedanken bei Ingeborg und den Enkelinnen hängen, beide heftig in der Pubertät und ihm in diesem Zustand etwas fremd geworden. Seine Ingeborg, ja auf die war er stolz. Schmächtig als Kind, aber ihren Kopf versuchte sie schon damals immer durchzusetzen. Hatte meistens ja auch Recht, war dann für mich nicht immer leicht mit ihrer Mutter. Volljuristin, gefragte Wirtschaftsprüferin, so viel habe ich als Wissenschaftler nie nach Hause gebracht. Auch mit Familie klagt sie über keine Belastung, und hat nun auch den Mann gefunden, der unter ihrem Ehrgeiz nicht leidet. Dieser Sonnyboy klettert Sprosse um Sprosse im Konzern hoch, ohne sonderliche Anstrengung, wie es scheint. Tja, den Seinen gibt's der Herr im Schlaf. Er nickte fast ein, doch unwillkürlich stand ihm Christian vor Augen. Nein, schüttelte er den Kopf, unerträglich dieser Kontrast! Er stellte Musik an und ließ sich von den Tönen tragen.

Schon am nächsten Tag brachte er sie zum Flughafen. Hinter dem Gate winkte sie ihm noch einmal lebhaft zu, denn er hatte ihr im letzten Moment die beinah vergessenen Geldgeschenke für die Pubertikel, wie er zu sagen pflegte, zugesteckt. Zuhause fand er einen Brief vor, es war der Mieter ihrer alten Ferienwohnung, er mäkelte an den gestiegenen Nebenkosten der Anlage herum und wollte nicht zahlen. Der Typ hatte anfangs einen so ordentlichen Eindruck gemacht, aber mit den Jahren war er zu einem notorischen Nörgler geworden. Sie waren ihm schon öfter entgegengekommen, aber genau das war wohl der Fehler. Der Mensch wird immer dreister. Jetzt als Frührentner hat er offenbar alle Zeit der Welt, andere zu plagen. Sich wappnend gegen eine See von Plagen. Er knallte den Brief auf die Ablage im Flur. Soll Irmgard sich damit befassen, schließlich war sie es, die diese Wohnung damals unbedingt kaufen musste und sich nicht entschließen konnte, sie wieder abzustoßen, als die Kinder groß waren und ihre eigenen Wege gingen.

Eigentlich war es Zeit, sich ein Mittagessen zu bereiten, aber er durchforstete die Website 'seines' Verlags, wie er gern sagte, um den zuständigen Fachreferenten zu ermitteln. Es war eine Dame, ihm unbekannt. Er entwarf eine E-Mail, brachte sich zunächst mit Titel und Universität als Autor des Verlags in Erinnerung, nannte die renommierte Reihe, in die sein Werk wohl passen würde, das in digitaler Form und neuester Rechtschreibung fertig vorliege, und bat um Rückmeldung. Doch dann zögerte er mit dem Absenden. War es passend, von 'meinem' Verlag zu sprechen? Er hatte dort lediglich ein schmales Lehrbuch veröffentlicht, das, ohne eine zweite Auflage zu erreichen, seit Langem aus dem Programm genommen war. Aber der Schritt musste ja getan werden, er tippte auf das Absenden-Symbol. So, jetzt läuft die Mühle am rauschenden Bach.

Nach einem ausgiebigen Mittagsschlaf machte er sich wieder an die Einleitung. Ihm war klar, die Herausgeber der Reihe würden die genau lesen. Es galt, das Thema als relevant, die Schwerpunkte als richtig gesetzt, die bisherige Forschung als beklagenswert, den eigenen Ansatz dagegen als neu und fruchtbar darzustellen, bei allem aber die gelassene Souveränität des Altmeisters zu zelebrieren. Wem muss ich denn noch was beweisen? Man kennt mich ja.

Tatsächlich kam er nach wenigen Tagen zum Abschluss. Er blätterte das Werk prüfend durch, fand hie und da noch eine elegantere Formulierung, ließ die drei erbetenen Gutachter-Exemplare herstellen und sandte sie ab. Er kannte die Herausgeber, sie würden, inzwischen auch nicht mehr die Jüngsten, sich mit ihren Gutachten in seinem Fall hoffentlich besonders beeilen. Nun hatte er noch eine ganze Woche Zeit bis zu Irmgards Rückkehr. Er war überrascht, so schnell, ja, nach den Umständen sogar zu schnell fertig geworden zu sein.

Gegen Ende der zweiten Woche kam ihm Irmgard am Telefon seltsam einsilbig, fast gehemmt vor. Auf sein besorgtes Nachfragen blieb sie unbestimmt, erklärte ihm aber, dass sie gern das Wochenende anhängen möchte, um Sören nach seiner Rückkehr noch zu erleben.

„Ich habe schon umgebucht."

„Gut, wenn's das nur ist. Um mich mach dir mal keine Sorgen. Dann höre von dir aber noch, wann ich am Flughafen sein soll, ja?"

Er wollte noch sagen, dass er fabelhaft in Schwung sei
und bei so viel unverhoffter Zeit ja fast noch ein neues
Projekt starten könne, aber sie hatte schon aufgelegt.

Im Flughafen kam sie ihm mit ernstem Gesicht entgegen:
„Du, ich habe etwas zu berichten, aber erst zuhause.
Frag jetzt bitte nicht.“
Auf der Heimfahrt im Auto erzählte sie von Ingeborgs
neuen beruflichen Erfolgen. Leider hätte die Erziehung
ihrer Kinder mit diesen Erfolgen nicht Schritt gehalten,
besonders bei Silke, diesem Biest, die ihren sechzehnten
Geburtstag nicht in der Familie, sondern mit ihrer Clique
gefeiert habe. Sören sei auch nicht sonderlich mitteilsam
gewesen, immerhin habe sie ein paar Videoaufnahmen von
den imposanten Megastädten in Fernost gesehen.
Im Hause wuselte sie zunächst eine Weile umher, um
seine Unordnung, mit der sie natürlich gerechnet hatte,
wenigstens in der Küche und im Wohnzimmer zu beseiti-
gen.
„So, jetzt setz dich mal hin. Es gibt da etwas, das mich
sehr beunruhigt. Mit einem Wort, ich fürchte, es ist etwas
zwischen Sören und diesem Biest. Ich habe mit Irmgard
bisher kein Wort darüber gesprochen, denn ich hoffe immer noch, es ist alles harmlos. Also, ich hatte vom ersten
Tag an das Gefühl, dass ich für Silke nur eine lästige Ka-
kerlake im Haus bin. Auch von ihrer Mutter lässt sie sich
kaum noch was sagen. Am letzten Donnerstag dann, die
Kinder waren in der Schule, lüfte ich das Haus durch und
bin in Silkes Zimmer. Ich ziehe neugierig eine Schublade
an ihrem Schreibtisch auf, sehe ein schmuckes Buch mit
einer Schließe dran, und denke gleich: ein Tagebuch. So

was Altmodisches hatte ich ihr gar nicht zugetraut. Ich weiß, man schnüffelt nicht, aber ich konnte nicht widerstehen. Ich schlag das Ding auf und lese: „S. bei mir, war sehr lieb." Ich denke: Hm, S.? Ich blättere zurück, aber nichts weiter von S. Ich blättere vor und lese gleich auf der nächsten Seite, zwei Tage später: „S. wieder bei mir. War sehr schön." Das „sehr" unterstrichen. Datum 6. September. Ich gucke mir die vielen Fotos ringsum an den Wänden an, ob da vielleicht was auf eine engere Freundschaft deutet, aber nichts."

„Na eben, wahrscheinlich eine harmlose Freundschaft."

„Natürlich hat Silke viele Freunde, aber dass sie einen festen Freund hätte, davon hat auch Ingeborg nie was gesagt, sie würde das dann auch gerne wissen wollen. Aber es geht noch weiter. Ich kam von dem hässlichen Gedanken einfach nicht los und brachte noch am gleichen Tag im Gespräch mit Irmgard das Thema auf Sörens viele Dienstreisen. Tatsächlich war er an diesen Wochentagen zu Hause gewesen, er hatte nach einer längeren Dienstreise wie üblich drei Tage frei. Da fiel mir denn auch gleich noch ein, dass Karen einmal gemault hatte, sie müsse immer brav in die Schule gehen, aber Silke würde manchmal schwänzen."

„Ich sehe, es macht sich bezahlt, dass du so viele Krimis schaust. Aber deine Kombinationen führen immer noch nicht mit zwingender Logik auf den Täter. Es kann ja auch eine schwärmerische Mädchenfreundschaft sein. Das gibt es doch in dem Alter, wo man weder Fisch noch Fleisch ist."

„Du, ich muss dir sagen, zu dem Zeitpunkt habe ich schon nicht mehr so recht an eine harmlose Variante geglaubt. Aber ich wollte auch nicht mit allzu neugierigen Fragen auffallen, und meine Zeit dort war ja eigentlich vorbei. Darum habe ich das Wochenende angehängt, um die beiden einfach mal zu beobachten. Verdeckte Ermittlerin sozusagen. Zwischen beiden nichts Auffälliges, aber am Samstagnachmittag, wo wir vier Weiber eigentlich zusammen in die City wollten, klinkte Silke sich plötzlich aus. Tessa und Kim hätten sich angesagt, um ihr von dem megageilen Rockkonzert zu berichten. „Schade, aber na gut. Viel Spaß euch denn!", sagte Ingeborg nur. Na, was für ein Spaß wird das wohl sein! dachte ich. Dann zogen wir los. Dir ist die Bluse, die ich anhabe, noch gar nicht aufgefallen."

„Doch, jetzt sehe ich – sehr hübsch. Allein mir fehlt der Glaube."

„Wie?"

„Ich meine deinen Verdacht."

Das Wetter am nächsten Morgen passte zu seiner schlechten Laune, die sich sofort einstellte, als Christian anrief und seinen Besuch noch für den Abend ankündigte. Sie freute sich, ihn nach Monaten wieder zu sehen, und hatte seinen geliebten Krustenbraten zubereitet, den Christian aber kaum anrührte. Dafür sprach er wie ein Verdurstender dem Wein zu. Schließlich kam heraus, was so oder so ähnlich zu befürchten war, sie kannten das. Als Schauspieler erfolglos, weil, wie er erklärte, zu wählerisch bei den Rollenangeboten und darum unbeliebt bei den Agenturen, hatte er sich mit Gelegenheitsjobs über Wasser gehalten, aber mit der Zeit die Lust an Arbeit überhaupt verloren.

„Mir ist die Wohnung gekündigt worden. Katja, die zuletzt bei mir wohnte und die halbe Miete übernahm, ist auch weg.“

„Christian, Christian“, sprach er in das Schweigen hinein, „du bist nun eigentlich erwachsen und solltest wissen, was gut für für dich ist. Wir unterstützen dich natürlich weiter. Aber was willst du jetzt tun? Katja zurückholen geht wohl nicht.“

„Quatsch! Entschuldige, Pa. Ich bin jetzt mit Maren zusammen. Aber die will ihre Wohnung nicht aufgeben, jedenfalls jetzt noch nicht.“

„Na, darauf kannst du wahrscheinlich nicht warten. Wann musst du denn raus?“

„Ende des Monats.“

„Und ich nehme an, du hast noch keine neue Wohnung.“

„Exakt. Wie soll ich bei dem Druck auf dem Wohnungsmarkt auch eine kriegen?“

„Du solltest dir selber ein bisschen mehr Druck machen, Junge, dann ginge alles. Aber lassen wir das. Zur Not könntest du natürlich zu uns ziehen, obwohl -“

„Ja klar, könntest du“, fiel sie rasch ein. Sie war schon einen Gedanken weiter. „Wir haben da selber ein Wohnungsproblem, bei dem du uns helfen könntest. Wir wollen nämlich unseren Mieter in Duhnen loswerden, und das geht wohl nur, wenn wir Eigenbedarf geltend machen.“

„Ma, du denkst doch wohl nicht an mich? Soll ich da auf der Kurpromenade spazieren gehen?“

„Nun hör doch erst mal zu. Es bräuchte ja nur für eine gewisse Zeit zu sein, ich meine pro forma. Was sagst du dazu?“, wandte sie sich an ihren Mann.

„Gar keine schlechte Idee.“

Da Christian nichts weiter sagte und sogar etwas erleichtert dreinblickte, hob sich auch seine Stimmung. So könnte der Besuch doch zu etwas Gutem führen. Er schenkte allen nach.

„Wie gesagt, könntest du bei uns wohnen, bis wir den raus haben. Und wenn das geschafft ist, müsstest du dort einziehen, so wie ich das sehe.“

„Ja, aber doch nur auf dem Papier“, warf sie schnell ein, denn er drohte wieder alles zu verderben. „Du könntest im Grunde weiter hier bleiben. Nach einer Weile meldest du dich dort wieder ab und wir suchen uns einen neuen Mieter. Wir könnten die Miete dann sogar an dich überweisen, für deine neue Wohnung hier, nicht wahr?“, nickte sie ihrem Mann zu.

„Einfach genial, deine Mutter!“, stimmte er sofort zu, denn so ließe sich die Qual eines Hausgenossen wie Christian vermutlich stark verkürzen. Auch Christian schien sich nun für den Plan zu erwärmen. Besonders die Aussicht auf eine ordentliche Aufstockung seines elterlichen Zuschusses ließ ihn das nächste Glas in einem Zug hinunterstürzen.

„Was bringt denn die Miete?“, fragte er. Sie lächelte beiden zu:

„Nach einer Renovierung, die sicherlich nötig ist, können wir sogar erhöhen.“

Abgesehen von ein paar Besuchen von Ingeborgs Seite und dem kurzen Gastspiel eines georgischen Studenten, der zu einem Ferienkurs gekommen war, hatten sie seit gut fünfzehn Jahren allein in dem Haus gelebt. Als daher Christian sich im Dachgeschoss eingerichtet hatte, entging ihnen keines der neuen Geräusche. Besonders er verfluchte sein gutes Gehör und stöpselte sich manchmal nachts die Ohren zu, hörte dann allerdings auch ihren gewohnten Atem nicht mehr, was ihn ebenfalls störte. Christian war nachtaktiv, er ging abends weg und kam manchmal erst am frühen Morgen zurück, wenn sie gern noch weiter geschlafen hätten. Er stellte dann regelmäßig Musik an, obwohl sein Apartment genau über ihrem Schlafzimmer lag. Darauf angesprochen, meinte er, ohne Musik könne er nun mal nicht einschlafen. Er sei bereit, sie leiser zu drehen, aber er verspüre noch ein bisschen Leben in sich und könne sich der Grabesruhe in der Elterngruft, wie er sich ausdrückte, nicht total anpassen.

Immer wenn Christian sich durch Bemerkungen des Vaters getroffen fühlte, konterte er zu Irmgards Vergnügen mit theatralischen Kostproben.

Auf seine Einstellung zur Arbeit angesprochen, dozierte er: „Sieh's doch mal so: Bin ich nicht der ideale Erdenbürger? Sanftmütig, bedürfnislos. Mein ökologischer Fußabdruck ist minimal. Von Typen wie mir geht die Welt nicht unter, sondern von denen, die raffen und konsumieren und den armen Globus immer grausamer schinden. Dafür streiche ich zu Recht eine kleine Apanage ein."

Er tat, als zähle er auf der Hand ein paar Münzen nach, bevor er sie grinsend einstrich.

Zu seinem Lebensplan sprach er missionarisch: „Papa, es steht geschrieben: Glaube, Liebe, Hoffnung, diese drei. Stell dir vor, die klopfen an deine Tür und wollen zu dir. Sei freundlich und hilfsbereit. Nimm sie auf, öffne dich!"

Er starrte abwartend den Vater an, bis dieser kopfschüttelnd abwinkte.

Als der Vater ihm die übrige Familie als Muster vorhielt, wurde er direkt: „Ja doch ja, du Krone einer Professorendynastie! Du konntest immer das hohe Ross reiten. Gib zu, du hattest es verdammt leicht und brauchtest dich nie abzustrampeln. Aber dieser Genpool ist einmal erschöpft, und die Evolution macht einen Sprung. Ich wachse aus der modrigen Selbstzufriedenheit als das Neue. Schau mich an!“

Er warf mit beiden Händen seine lange Mähne zurück. Der Vater versuchte scherzhaft auf ihn einzugehen:

„Bedenke, mein Sohn, wer seine Zeit mit Witzen vertut, ist am Ende selber die Witzfigur.“

„Was red't der Wichte da mit scheelem Blicke?“ Sein Ohr zu Irmgard haltend: „Verdolmetsch' sie mir das!“ In sich gekehrt monologisierend: „Soll glauben ich, was er da spricht? Mich deucht gar, er glaubt's selber nicht.“ In Rage: „Ein Lügenmaul! Infamer Schurke, zieh!“

Er fuchtelte mit der Gabel. Der Vater suchte mehr hilflos als amüsiert den Abgang:

„Ich ziehe, und zwar ab in mein Arbeitszimmer.“

Gegenüber der Mutter konnte Christian ernsthaft und offen sprechen, auch über Maren.

„Wir mögen uns sehr und sind gern zusammen. Aber sie hat schon mehrere Kisten hinter sich und scheut eine feste Beziehung mit gemeinsamer Wohnung und so. Nach dem, was sie von euch weiß, hält sie euch für reichlich altbacksch, darum will sie auch nicht her, sie meint, ihr würdet das nur falsch deuten. Außerdem hat sie eine kleine Tochter, die aber in der Woche bei den Großeltern wohnt. Dass ich an den Wochenenden immer hier schlafe, hat den schlichten Grund, dass Marens Wohnung so winzig ist, da passen drei nur gestapelt rein. Ihre Eltern sind Frührentner, kaputtgearbeitet, 'ne ganze Ecke jünger als ihr, aber sehr nette Leute. Äh, ich meinte: jünger, aber schon kaputt, trotzdem - ach egal! Die haben uns ihre Wohnung für die Herbst- und Wintermonate angeboten, da ziehen sie in ihr Ferienhäuschen nach Spanien. Das hat die Mutter von ihrem Bruder geerbt, kauziges Exemplar, gleich nach der Hochzeitsnacht geschieden, hat dann absolut keine Lust mehr auf nichts gehabt, saß zuletzt auf seiner uneinsehbaren Dachterrasse, soff Rotwein und blickte auf Alicante herab und alle Kantilenen oder wie die da heißen. Irgendwann war er tot, erst roch man ihn, dann entdeckte man ihn endlich."

„Christian, bitte! Aber jetzt bin ich neugierig geworden. Wo bleibt die Kleine denn im Winter?"

„Ja, ich nehme an, die würde dann ganztags in den Kindergarten. Oder ich könnte aushelfen."

„Na, wenn du dich da mal nicht überschätzt!"

Irmgard hatte zwei Wochen verstreichen lassen, ohne etwas von Ingeborg zu hören. Als sie dann anrief, wunderte sie nichts mehr. Mit Sören war es aus.

„Schon auf unserer Einkaufstour", begann Ingeborg zögerlich, „hatte ich ein komisches Gefühl, ich rief per Handy bei der Mutter von Kim an, mit einer harmlosen Frage zu den geplanten Reiterferien der drei Freundinnen, und erfuhr, dass Kim zuhause war. Am nächsten Morgen, du warst gerade ins Taxi gestiegen, rief ich die beiden zu mir und fragte Silke, warum sie mich angelogen hätte. Sie schaute wie hilfesuchend zu Sören, und als der sie nicht zu beachten schien, rannte sie heulend in ihr Zimmer."

Irmgard schluchzte auf, fasste sich aber gleich wieder.

„Ich sagte es ihm auf den Kopf zu. Er leugnete auch keinen Augenblick, er verstehe sich selbst nicht, und so weiter. Ihm war klar, dass er das Haus sofort zu verlassen hatte. Wir einigten uns später am Telefon auf die Version, dass er während einer Dienstreise fremd gegangen sei. Und ich bitte dich, es auch Papa gegenüber dabei zu belassen. Er lebt in seiner heilen Welt. Es ist für alle auch so schon schlimm genug."

„Dabei eigentlich so ein netter Mann, schade, schade."

„Ist vorbei. Ich hoffe jetzt nur, dass mir von Silke weitere Katastrophen erspart bleiben."

Auf die Kündigung der Ferienwohnung reagierte der Mieter mit der Androhung eines Mietabzugs und einer langen Mängelliste. Christian wurde geschickt, um die Schäden in der vernachlässigten Wohnung aufzunehmen und die Reparaturkosten abzuschätzen. Die beiden Männer kamen sofort gut miteinander ins Gespräch. Als Christian die vielen Blasinstrumente in der Wohnung ansprach, führte der Hobbymusiker ihm jedes einzelne vor. Sein Lieblingsinstrument sei das Waldhorn, aber das könne er nur ab und zu im Laienorchester spielen.

„Meist ziehe ich mit meinem Keyboard und zwei oder drei Kumpels in der Gegend herum und spiele auf allen möglichen Festen. So kommt ein bisschen was in die Kasse, denn nach dem Tod meiner Frau könnte ich von der Minirente kaum leben."

Christian lud ihn in die nächste Kneipe ein. Sie schwelgten in Erinnerungen an den ruhigen Badeort von damals. Schließlich kam der Mieter auf die Wohnung zurück.

„Ich schlage einen Kuhhandel vor. Ich zahle die neuen Nebenkosten und verzichte auf kostspielige Reparaturen. Die mach ich selbst. Dafür behalte ich zehn Prozent der Miete ein, sagen wir auf fünf Jahre. Im Gegenzug nehmen Ihre werten Eltern die Kündigung zurück. Ist ja wohl auch klar, dass die mit einer Klage nicht durchkommen würden.“

Christian lenkte hilflos ein: „Ich mache doch hoffentlich nicht den Eindruck, dass ich Sie aus der Wohnung vertreiben möchte. Ich denke, meine Altvorderen werden einsehen, dass beide Seiten so am besten fahren.“

„Tut mir irgendwie selber leid für Ihre Eltern. Aber ich fühle mich wie eine Ratte in die Enge getrieben, ich muss kämpfen. Verstehen Sie?“

„Trinken wir noch einen!“

Die Entscheidung der Gutachter zog sich hin. Er hatte erfahren, dass die drei Herausgeber gleichzeitig zurückgetreten waren, um ihren Nachfolgern einen unbeschwerten Neustart zu ermöglichen. Zwei Neue waren schon gewonnen, die dritte Stelle sollte eine Frau besetzen. Er wusste nicht so recht, was ihn mehr beunruhigte: dass ihm nun der Rückhalt durch seine Kollegen aus alten Tagen fehlte oder dass eine jüngere Frau mit über ihn gutachten sollte. Ich könnte das Buch ja auch zurückziehen und woanders publizieren. Ach was, das Buch kann gut für sich stehen. Außerdem würde ein Rückzieher sich herumsprechen, ich kenne die Plaudertaschen.

Bald darauf meldete der Verlag, sein Werk sei an die drei Gutachter abgegangen. Als er den Namen der Neuen las, zuckte er zusammen. Edwina Klapproth. Sofort stieg die

Szene in ihm auf. Sie hatte Vorlesungen und Seminare bei ihm besucht, war aber nie mit glänzenden Referaten oder geistreichen Diskussionsbeiträgen aufgefallen. Sie besaß allerdings einen gewaltigen Busen, der umso mehr hervortrat und die Blicke auf sich zog, als alles andere an ihr ausgesprochen unscheinbar war. Ihre verschämte Verlegenheit, wenn sie unter Menschen war, suchte sie durch betonte Forschheit zu überspielen, deren Grund aber für jedermann sichtbar war. Sie machte ein passables Examen und wollte bei ihm promovieren. Nun saß sie auf dem Stuhl vor seinem Schreibtisch und suchte ihm die Frauengestalten in Goethes Romanen als Thema der Dissertation schmackhaft zu machen. Er zögerte, äußerte sich unbestimmt, um sie möglichst zu einem erneuten Nachdenken über ein originelleres Thema zu bewegen. Dabei ging er im Raum umher, wie er es öfter in seinen Sprechstunden tat, stand eine Weile am Fenster und beobachtete, wie die Vögel einander jagten. In einem plötzlichen Impuls trat er hinter ihren Stuhl und umfasste mit beiden Händen ihre Brüste. Sie stand ruckartig auf.

„Ja wenn das so ist!“

Und bevor er Worte für eine Entschuldigung fand, war sie schon hinaus. Sie war dann bei einem Kollegen untergekommen. Er sah sie noch gelegentlich, wie sie mit einer anderen Frau untergehakt ging. Es war sein einziger Übergriff auf eine Studentin gewesen und überhaupt sein einziger Blackout, soweit er sich erinnern konnte. Sein Leben und sein Werdegang als Wissenschaftler fügten sich ansonsten zu einer harmonischen Einheit, so empfand er es, zufrieden und dankbar. Beide waren geradlinig und ohne Überraschungen verlaufen. Er hatte die Tochter seines

Doktorvaters geheiratet, dem er auch den entscheidenden Tipp für seine rasche Karriere verdankte. Damals war das Verhältnis der Geschlechter unter dem Aspekt sozialer Repression als neues Thema in der Literaturwissenschaft hochgepuscht worden, und sein Schwiegervater, auch um die Zukunft seiner Tochter besorgt, hatte ihn gedrängt, rasch ein paar Aufsätze zu diesem Thema auf den Markt zu werfen. Sie würden ihn im Handumdrehen auf einen Lehrstuhl bringen. So war es dann auch gekommen. Er galt als Pionier auf diesem Gebiet, als Hoffnungsträger der Unterdrückten.

Ihm war die Komik seiner Rolle wohl bewusst, dass er als Mann die Denkweise und den emotionalen Haushalt von Frauen analysieren sollte, ja sogar drittklassige, jedoch von Frauen geschriebene Gedichte und Romane ausgraben und hochjubeln sollte. Ihm als Mann konnte man natürlich unterstellen, nicht die nötige Empathie und Ernsthaftigkeit bei seinem Geschäft aufzubringen, doch er tröstete sich halbherzig mit dem Gedanken, dass eben nur ein männlicher Wissenschaftler die erforderliche kritische Distanz zum weiblichen Geschlecht wahren könne. Allerdings war er auch nach zwanzig Jahren bei diesem dynamisch sich in alle Richtungen entfaltenden Thema fast die einzige männliche Stimme geblieben. Er fühlte sich zu schutzlos und angreifbar, um kühne Entwürfe zu wagen. Doch hatte er das in seiner Position überhaupt nötig? Die eher lästigen Pflichten der Lehre absolvierte er gewissenhaft, er verfolgte auch die erbitterten Frontkämpfe in der Forschung, begnügte sich aber im sicheren Hinterland mit gütigen Kommentaren und harmlosen Interpretationen. Viele Studentinnen waren es in seinen Vorlesungen und Seminaren am Ende nicht mehr, und noch weit weniger Studenten. Er versuchte seine trüben Gedanken zu verscheuchen und wechselte wieder zum Fenster hinüber, um auf die Amsel zu warten.

Die Tage vergingen für ihn langsam und quälend. Irmgard erinnerte ihn an die Reise, die mit dem Kulturverein durch das Burgund und die Provence führen sollte. Meist ältere Herrschaften, von denen sie sich etwas Unterhaltung erhoffte, die ihr zuhause so sehr fehlte. Denn angesichts der ständig drohenden Reibereien mit dem Vater ging Christian lieber gleich beiden aus dem Weg.

Es tue ihm sehr leid, aber er könne jetzt nicht weg, der Verlag dränge. Sie möge doch allein mitfahren, einige der Frauen kenne sie ja. „Und dann ist da auch noch Dagmar, die bestimmt gerne meinen Platz im Doppelzimmer einnimmt.“

Der Gedanke gefiel ihr prompt, denn mit ihrer alten Freundin Dagmar würde es entschieden vergnüglicher werden als mit ihm. Sie dachte an frühere Reisen, wie er sich am Tisch mit anderen Leuten schwer getan und durch sein Schweigen oft die ganze Runde gelähmt hatte. „Ich weiß nicht, was und wie ich mit diesen Leuten reden soll. Das besorgst am besten du!“, pflegte er zu sagen. Sie umhalste ihn, so wie er da saß, und legte ihren Kopf schräg auf seinen, unsicher, ob bei ihr mehr das Bedauern oder die Erleichterung überwog.

Am Tag vor Irmgards Abreise wartete Christian mit einer Überraschung auf:

„Hey Leute, meine Agentur hat angerufen, man will mich für eine Fernsehserie. Erst mal acht Staffeln, und wenn's läuft, dann sozusagen mit open end. Ich bin dann zwar für alle Zeiten gebrandmarkt, aber mein Künstlerstolz knickt ein, wenn so viel Kohle winkt. Und dann ist da auch noch Maren. Sie will mit mir in die Wohnung der Eltern ziehen, erst mal solange die in Spanien sind. Stell dir vor, Ma, die haben Maren sogar angeboten, mit ihr die Wohnung zu tauschen, wenn es mit uns was wird.“

Irmgard schlang stumm die Arme um ihn, als wollte sie sagen, dass sie immer fest an ihn geglaubt habe. Der Vater nahm wieder seine ironische Pose ein:

„Junge, so viel Glück auf einmal, kannst du das überhaupt verkraften?“

„Pa, ich glaube, du hast irgendwo eine Blockade. Entweder du kannst dich über gar nichts mehr freuen, oder du gönnst keinem anderen eine Freude, nicht mal deinem Sohn. Klar, mir schon gar nicht, weil du dann ja umdenken müsstest.“

„Kinder, ist es wieder so weit?“, schritt Irmgard ein.

Er verzog sich in sein Arbeitszimmer, saß am Fenster, bis es anfing zu dämmern. Eine Katze trabte heran, duckte sich erschrocken, als sie ihn bemerkte, und sprang davon.

In den folgenden Tagen wanderte er ruhelos im Haus umher oder saß grübelnd im Sessel. Er schlief schlecht. Ein Traum kehrte, mit Abwandlungen, mehrmals wieder. Mit verdorrter Kehle zwängte er sich bäuchlings durch einen engen Höhlengang. Weiter vorn plätscherte Wasser. Er robbte mühsam vorwärts, immer tastend, ob sich vor ihm nicht ein Abgrund auftat. Ihm war vollkommen bewusst, dass er in dem abschüssigen Gang nicht mehr zurück konnte. Nach einer Biegung fiel von seitwärts ein Lichtstrahl in den Gang. Er blickte durch einen Felsspalt in einen hellerleuchteten Saal. Eine Frauengestalt saß da und schüttelte ihre riesigen Brüste. Von ihrem hallenden Auflachen erwachte er schweißnass und nach Atem ringend. Um sich zu beruhigen, ging er ins Bad, duschte und onanierte dabei, ohne Lustgewinn. Er nahm eine Flasche Rotwein mit zum Bett, doch auch die brachte keinen Schlaf. Am Morgen hörte er Christian kommen und schlief dann bis in den Nachmittag.

Täglich verfolgte er seinen Bartwuchs im Badezimmerspiegel. Er meinte festzustellen, dass nicht alle Partien gleichmäßig wuchsen, und kürzte gelegentlich da oder dort, um alles auf exakt die gleiche Länge zu bringen, ärgerte sich aber jedes Mal, weil ihm das nie ganz gelingen wollte. Die Haaransätze an den Schläfen stellten ihn vor ein besonderes Problem. Sollte er das Kopfhaar am Übergang kürzen? Was aber, wenn das Barthaar dann schneller wuchs? Er entschied sich, die Wuchsgeschwindigkeit erst einmal vergleichend zu beobachten, und legte das aufgeklappte Rasiermesser bereit - für alle Fälle.

Eines Morgens hatte der Satz aus Hamlets Monolog so Besitz von ihm ergriffen, dass er ihn immer wieder in unterschiedlichen Tonlagen vor sich hin deklamierte: „oder, sich wappnend gegen eine See von Plagen, durch Widerstand sie enden, durch Widerstand sie enden, die See von Plagen enden." - „Ja, da liegt's!", freute er sich über eine plötzliche Eingebung.

Er rief kurzerhand Edwinas Doktorvater an, smarter Typ, Endfünfziger, zweimal geschieden, bekannt für seine Affären mit Studentinnen. Er habe das neueste Buch von ihr zur Rezension erhalten, habe weiter recherchiert und sei erstaunt, dass sie, die ja auch bei ihm studiert habe, inzwischen eine solch steile Karriere gemacht habe. Habe sich das damals bei der Doktorandin schon so vermuten lassen? Der Kollege tat erfreut, wieder von ihm zu hören, und machte ihm das Kompliment, dass er offenbar immer noch unermüdlich tätig sei.

„Nein, das war damals nicht anzunehmen. Sie war ohne Frage fleißig und ehrgeizig. Die Dissertation war mir etwas zu rasch fertig, ich konnte aber keine Unregelmäßigkeiten feststellen. In der Gedankenführung eher schlicht, dafür vollmundig im Anspruch und blumig in der Ausdrucksweise. Sie wissen ja um ihr Handicap", kicherte er, „von dem sie durch eine wie soll ich sagen betonte Forschheit abzulenken versuchte. Ich sah sie ein paar Jahre später auf einem Kongress wieder, wo sie schon einen der Leitvorträge hielt. Sie sprach nie darüber, aber offensichtlich hatte sie eine radikale Brustverkleinerung machen lassen. Ich musste zweimal hingucken. Das Putzige war, dass ihr aufgesetztes Gehabe damit nicht aufgehört hatte, es war ihr anscheinend zur zweiten Natur geworden, ja es konnte sich bis zur Großspurigkeit steigern. Sie hatte sogar gelernt, mit diesem Gehabe zu spielen, so dass man es ihr kaum mehr übelnehmen konnte. Manchmal war sie von einem Kreis von Bewunderinnen umringt, wie das heute so ist. Es haben sich da Seilschaften ganz neuer Art gebildet."

„Tja, frau ist heute angesagt, mann gerät ins Hintertreffen. Na, trotzdem will ich mit dem Buch gnädig sein, Herr Kollege. Vielen Dank."

Er rief auch einen der ausgeschiedenen alten Herausgeber an. Er habe sein Buchmanuskript ja schon vor der Neubesetzung des Gremiums abgegeben, nun sei er um die Kontinuität der Reihe besorgt. Ob die alten Herausgeber Einfluss auf die Neubesetzung genommen hätten? Ja, aber leider sei das nicht bei der Dame gegangen, da habe der Verlag auf Edwina Klapproth gedrungen, die schon durch mehrere Bücher im Verlag bestens eingeführt sei. Ob über die Manuskripte durch Mehrheit entschieden werde? Nein, die Annahme eines Buchmanuskripts setze Einstimmigkeit voraus. Es sei aber vorgekommen, dass eine Gegenstimme sich nachträglich noch habe überzeugen lassen. Ja, diese Regeln würden auch in dem neuen Gremium gelten.

Mehr wollte und konnte er nicht fragen. Er überlegte einen Moment, ob er noch bei einem der neuen Herausgeber vorfühlen sollte, aber ihm fiel kein Vorwand ein. Auch war da nichts Konkretes zu erhoffen, solange die Begutachtung lief.

Wieder stand er vor dem Spiegel und überprüfte seinen linken Haaransatz, als ihm einfiel, er könnte ja tatsächlich Edwina Klapproths neuestes Buch beim Verlag zur Rezension anfordern und gleich dazu signalisieren, dass sein erster Eindruck sehr positiv sei. Nicht auszuschließen jedenfalls, dass dies intern so an Frau Klapproth weitergeleitet würde. Sofort setzte er die Mail auf, drei Tage später kam das Buch.

Er betrachtete es von allen Seiten, wiegte es in der Hand. So wird mein Buch in dieser renommierten Reihe aussehen. Mein Buch! Muss ich es lesen? Nein, ich weiß ja, was drinsteht. Er knöpfte das Hemd auf und drückte das wohlig kühlende Buch an seine Brust. Er nahm es überallhin mit. Er sprach mit ihm beim Kartoffelschälen, prostete ihm mit der Kaffeetasse zu. Abends im Sessel wollte er ihm die Amsel zeigen, doch die blieb aus. Oder war sie bei einem Wimpernschlag vorbeigehuscht? Er nickte dem Buch zu:

„Nicht wahr, du hast sie gesehen?"

Gegen Morgen kam der Traum wieder. Die nackte Gestalt, sie schwenkte ein Buch in der Hand und warf es ihm zu. Er fing es auf und fand es in seinem Schoß wieder. Er hatte im Sessel geschlafen.

Jetzt keine Zeit verlieren, nur drei Tage noch und Irmgard ist zurück! Er entfernte Deckel und Titelblatt von Edwinas Buch. Er ließ ein neues Titelblatt mit seinem Namen herstellen und den Buchblock neu binden. Er legte, bevor er ins Badezimmer ging, das fertige Buch mit beiden Händen akkurat vor sich auf den Schreibtisch. Mein Schwanengesang! Irmgard, du wirst es finden und stolz auf mich sein.

Der Kinderraub

Frühere Ereignisse leben weiter in Erinnerungen oder in Erzählungen. Je ferner das Geschehene zurückliegt, desto mehr verschwimmen beide ineinander, werden untrennbar. Denn Erzählungen beruhen auf Erinnerungen, Erinnerungen auf Erzählungen. Erzählungen werden wiedererzählt und sind dann leicht andere Erzählungen, die wieder anders erinnert werden. War man selber an den Ereignissen beteiligt, so ist man gewöhnlich überzeugt, eigene Erinnerungen zu haben, die nicht auf den Erzählungen anderer beruhen, auch wenn man zu der Zeit noch ein Kind, sagen wir von fünf Jahren, gewesen ist. Man ist nicht gern bereit, sich diese Erinnerungen nehmen zu lassen. Man hält sie fest als einen Teil des Ichs, auch wenn sie auf einem schrecklichen Erlebnis beruhen, das man besser bald vergessen hätte. Aber es ist so eingeprägt, dass es ungewollt und schmerzlich immer wieder bewusst wird. Die Erinnerung daran schwindet nicht, sie verändert sich auch nicht, formt sich nicht um. Sie wiederholt sich von Mal zu Mal wie die Glieder einer Kette, von der man wünschen sollte, dass sie doch einmal risse.

Ich spiele unter dem Baum. Der Pferdewagen kommt näher. Kinder sind darauf. Der Mann steigt ab, er hat ein Gewehr in der Hand. Er kommt auf mich zu. Ich springe auf und renne in das Haus. Ich schreie meine Angst heraus. Mutter packt uns sofort. Wir flüchten durch die Hintertür, um die Hausecke und weiter zum Dorfplatz.

Das Dorf lag versteckt zwischen Hügeln und Wäldern an einem kleinen Fluss. Von irgendwoher kam eine Straße zu der hölzernen Brücke, führte hinauf zum Nachbardorf und weiter in die Richtung, aus der sie gekommen sein mussten. An der Abzweigung zum Dorf hin thronte auf einer Anhöhe das Gut. Man wusste, dass dort ein neuer Herr eingezogen war, der jetzt das Dorf regierte. Er zeigte sich nie, das Tor war immer geschlossen, Tannen verstellten den Blick auf die Gebäude. Alles besorgte ein Verwalter, der mit den Leuten, die er zur Arbeit auf den Feldern einzuteilen hatte, reden konnte. Unter der alten Herrschaft, die sich beizeiten davongemacht hatte, war es nicht viel anders gewesen. So war man schon froh, wenn man abends mit einem Beutel Mehl oder Kartoffeln nach Hause gehen konnte.

Der Wagen und die Pferde, mit denen sie monatelang unterwegs gewesen waren, waren ihnen erst hier im Dorf weggenommen worden. Was sie noch hatten, es war nicht viel mehr als das Bettzeug, lag jetzt in einer Ecke des Klassenraums. Einen Lehrer gab es nicht mehr, das Schulgebäude war unter vier Familien aufgeteilt, so dass sie die leergeräumte Klasse und die Küche gemeinsam hatten und jede für sich eines der Zimmer. Großvater hatte das Zimmer unten, und wenn er nicht schlief, sollte er den Schulhof beobachten. Denn über ihn kamen sie, bewaffnete Marodeure, immer einzeln und oft betrunken, gierig nach Uhren und Schmuck. Aber hier war nichts mehr zu holen, außer einem jungen Mädchen, das sich beizeiten unter dem dicken Federbett an Großvaters Rücken versteckte. Er zeigte auch später gern und mit Stolz seine Kerbe im linken Unterarm vor, mit dem er den Kolbenstoß abgefangen hatte. Für Kriege war er immer schon zu alt gewesen.

Er hält vor der Brücke, sie ist jetzt aus Beton. Jenseits beginnt asphaltierte Straße, sie wäre für die Rückfahrt besser. Er geht bis zur Mitte, stützt sich auf die Brüstung und blickt ins Wasser. Dieselben grünen Algensträhnen, die über dem hellen Sand hin und her wedeln, hier und da große Steine mit ihren Moosköpfen. Ein Fisch steht zeitlos in der Strömung. Weiter abwärts hatte der Fluss Sandbänke aufgeworfen und sich in mehrere Arme geteilt, dort waren fast immer Kinder zu finden. Er überlegt, wie man da hin kam. Doch nein, er möchte nicht auffallen als einer, der Kinder beobachtet. Er dreht sich um. Am anderen Ufer hatte ein Weg flussaufwärts durch Wiesen zum Wehr und zur Mühle geführt. Jetzt ist der Blick durch Gebüsch versperrt. Wehr und Mühle dürften ihren Zweck verloren haben und abgebaut sein. Er sieht wieder die Schlangen, die auf dem gemähten Gras in der Sonne liegen. Das war kein guter Ort für Barfüßler.

Er fährt langsam durch das Dorf, nur die paar alten Wege, vereinzelt neue Häuser. Der Dorfplatz eine leere Fläche, hier stand der große gemeinschaftliche Backofen, er war mit Gras bewachsen und offenbar schon damals außer Gebrauch, an den Geruch von frischem Brot hätte er sich erinnert. An der Weggabelung, wo es links zu den Feldern hinauf und rechts zu der verwünschten Schnapsbrennerei ging, leuchtet in frischen Farben das Haus, wo sie den Rest des Sommers und den halben Winter bei zwei verwirrten alten Leuten gehaust hatten. Das alte Holztor zum Hof. Dahinein waren sie vor dem Hund geflüchtet, Großvater hatte mit Holzpantinen nach ihm geworfen, an denen er gerade schnitzte. Ein Fenster wird geöffnet, eine Frau schaut zu ihm, so als ob sie gern behilflich wäre. Er nickt kurz, ihm ist ja alles vertraut, wie sollte er sich auch verständigen. Wenn er gleich wendet, wird sie sein Kennzeichen sehen. Das Schulgebäude am Rande des Dorfes steht noch, nur ist es keine Schule mehr, sondern ein schmuckes Wohnhaus, der abgewetzte Schulhof verwandelt in einen Rasenplatz, darauf verstreut Kinderspielzeug. Im Zaun statt der Pforte, durch die er entwischt war, ein breites Flügeltor, sonst der alte Maschendraht. Doch sicher, solchen Maschendraht gab es damals schon. Dicht an der Straße seine große Eiche. Da hatte er gehockt, als dieser Kerl auf ihn zu kam.

Er ist vollkommen zufrieden mit sich und mit dem, was er gesehen hatte. Die Wirklichkeit hatte fast alles so reproduziert, wie sein Gedächtnis es vorgab. Wäre seine Frau doch mitgekommen und hätte seine Prognosen in jedem Punkt und mit eigenen Augen bestätigt gefunden! Tut mir leid, hatte sie gesagt, ich kann dir dabei nicht helfen, außerdem habe ich Urlaub. Wie sie ihm eine vergnügliche Zeitreise gewünscht hatte, hoffentlich finde er nur wieder zurück! Mit meinen Fotos und Videos werde ich sie nicht beeindrucken können, sie bedeuten ihr nichts. Ich bleibe mit meiner Geschichte allein.

Seine Schwester war als letzte Zeugin kürzlich verstorben. Vor einigen Jahren hatten sie noch einmal über ihre Zeit in dem Dorf geplaudert. Sie erinnerte sich an seine Geschichte, die in der Familie öfter erzählt worden war, wie auch an die mit dem Wecker, der just in dem Moment, als einer dieser Strolche wild drohend im Klassenraum herumbrüllte, schrill zu klingeln angefangen hatte. Doch die gemeinsame Flucht um die Hausecke an Mutters Hand wollte ihr nicht wieder deutlich werden. Sie hatte auch, zu seinem Befremden, geradezu gefragt, ob er sich sicher sei, dass überhaupt ein Kinderräuber hinter ihm her gewesen war. Aber wovon habe Opa denn die Kerbe im Arm gehabt? Das könne auch ein anderer Kerl gewesen sein. Merkwürdig, fällt ihm ein, offenbar hat nie jemand die Worte wieder benutzt, die er in seiner besinnungslosen Angst geschrien hatte. Waren es Worte? Mutter jedenfalls hatte ihn auf der Stelle verstanden und das Richtige getan. Sie hatte die Geschichte auch immer so erzählt, wie er sie erinnerte. Den Anfang, den nur er erzählen konnte, schien sie ganz so miterlebt zu haben.

Als er in der kleinen Pension eintraf, kam seine Frau gerade vom Strand zurück.

Übrigens, unser alter Schwerenöter hat mir wieder aus seinem Leben erzählt, und da ist auch etwas, das zu deiner Geschichte passen könnte. Als ich sagte, du bist in deinem Dorf, horchte er bei dem Namen auf. Es sei ihm bekannt, er sei damals als Traktorist in dem Bezirk eingesetzt gewesen, um bei der Feldarbeit zu helfen. Er sei immer nur zwei oder drei Tage in einem Ort geblieben, bis die notwendigen Fuhren erledigt waren, daher habe er keine genauen Erinnerungen mehr an die einzelnen Dörfer, außer natürlich an das eine, in dem er seine Frau kennengelernt hat. Gut, diese Geschichte kennen wir ja. Aber er war anscheinend nicht nur nett zu den jungen Damen, sondern auch zu den Kindern. Er hat sie öfter mal eine Runde durchs Dorf gefahren. Vielleicht kannst du mehr herauskriegen.

Der Himmel hatte sich zugezogen an diesem Nachmittag, und in den nächsten Tagen fegte ein unangenehmer Wind den Sand landeinwärts bis zu den Häusern, er drang durch alle Ritzen. Sie beschlossen, vorzeitig abzureisen. Seine Waldspaziergänge hatten ihn immer bis zu einem gefällten Baumstamm geführt, auf dem er sich eine Weile ausruhte. Auf jedem Gang hatte er befürchtet, sein Baum könnte abtransportiert sein. Jetzt war er seltsam beruhigt. Dem Traktoristen hatte er seine Fotos gezeigt, aber nicht viel hervorlocken können. Damit es nicht wie ein Verhör wirkte, hatten sie die beiden zum Abschied eingeladen und es so arrangiert, dass beide Frauen und beide Männer zusammensaßen.

Ja, er sei immer mit dem Traktor gefahren, nie mit Pferden. Es war meistens so ein Kastenwagen, wie man ihn für den Transport von Kartoffeln oder Rüben benutzte, hinten habe er die Klappe heruntergelassen und den Kindern beim Aufsteigen geholfen. Ja, es sei auch vorgekommen, dass Kinder, besonders die kleineren, scheu taten und nicht wollten. Und ja, manchmal auch wegliefen.

Der dicke Sir Arthur

Schloss Instagram stand in einer der trübsten Gegenden Englands, und als das einzige Schloss dort war es auch das älteste und stolzeste zugleich, sieht man einmal davon ab, dass es in den mächtigen Turm mächtig hineinregnete, und die Äste einer halb umgestürzten Ulme in die Fenster des linken Seitenflügels wuchsen. Sir Arthur, der letzte Spross der Instagrams, lebte dort, und viel mehr, als dass er lebte, kann man zu Beginn unserer Geschichte von ihm nicht sagen, außer vielleicht, dass er sehr sparsam zu wirtschaften gezwungen war, was nicht gut einleuchten wollte, wenn man ihn im Ganzen betrachtete. Denn er war von enormer Leibesfülle, sein Bauch hätte Platz für den gesamten Vorrat an Schärpen, Bändern und Orden des königlichen Zeremonienmeisters bieten können. Dies rührte aber nicht von Schlemmerei her, sondern von einem Gendefekt, dem schon der imposante Begründer der Instagram-Dynastie seine Erhebung in den Ritterstand zu verdanken hatte, und der bei Sir Arthur wieder zutage getreten war.

Sir Arthur hatte in jungen Jahren viel Mühe darauf verwandt, mit seiner hübschen und schlanken Gemahlin Etheltrout einen Erbfolger zu zeugen, doch es wollte nicht gelingen. Mit ritterlicher Großmut nahm er die Schuld auf sich:

„Liebste Etheltrout, ich muss abnehmen, ich weiß. Dann wird es bestimmt klappen. Mach dir keine Sorgen."

Etheltrout aber war so erzogen, dass sie es nicht ertrug, in Höflichkeit von irgendjemandem übertroffen zu werden:

„Mein guter Arthur, bleib, wie du bist. Vielmehr sollte ich bei mir selbst für rundlichere Formen sorgen. Das hat mir auch meine Frau Mama empfohlen."

Doch weder half Rohkostdiät bei Arthur noch Fett und Zucker bei Etheltrout. Sie starb einen frühen Tod, die einen meinten, aus Gram über die Kinderlosigkeit, die andern tuschelten, sie sei eines Nachts unter der Last ihres dicken Arthur erstickt. Zuvor hatten sie noch einen Waisenknaben aus einer verarmten Seitenlinie als Ziehsohn angenommen. Treestram, so hieß dieser, war inzwischen in der Spätpubertät angekommen und sann, verführt und getrieben von seiner vulgären, aber aufstiegsgeilen Freundin Keelo Gram, darauf, wie er das Leben seines Ziehvaters verkürzen und das Schloss, das er wie selbstverständlich als sein künftiges Erbe betrachtete, an sich bringen könnte. Ihre finsteren Pläne legten sie jedoch vorerst auf Eis, denn Sir Arthur entwickelte plötzlich unerwartete Aktivitäten. Sein alter Diener Wongram, spindeldürr und treu ergeben, war eines Tages mit besorgter Miene vor ihn getreten:

„Ihro Durchlaucht mögen zu Gnaden halten, wenn darauf hinzuweisen mich erkühne, dass die Treppe im Turm, nun ja, morsch zusammengekracht ist, so dass meine Wenigkeit nicht zu der sturmzerzausten Fahne gelangen kann, mithin, Gott sei's geklagt, seine Pflichten zu Eurer gnädigsten Zufriedenheit zu erfüllen derzeit nicht vermögend ist."

„Lass es gut sein, Wongram, ich kümmere mich darum“, beruhigte ihn schulterklopfend der Schlossherr. Er überlegte vergeblich, was zu tun sei.

„Was schlägst du vor?“, fragte er seinen Diener.

„Verzeihen meine Unbescheidenheit, gnädiger Herr“, begann Wongram. „Wir hatten Zeiten vor meiner Zeit, in Wahrheit noch zu meines Großvaters Zeiten, jedoch betrüblicherweise nicht mehr, wie es scheint, in Ihro Gnaden Zeit -, äh, was ich sagen wollte: Es gab einmal ein Schlossgespenst, das man nur wiedererwecken müsste.“

„Du meinst -“

„Euer gnädigste Durchlaucht haben da eine wahrhaft fulminante Idee! Es würde die Leute in Scharen anlocken. Man müsste es nur als, erlauben gütigst das modische Wort, in das meine Enkelin total vernarrt ist, als Show inszenieren. Die Turmeule ruft um Mitternacht. Das wäre der richtige Beginn.“

„Und das Gespenst?“, fragte Sir Arthur, neugierig geworden.

„Treestram ist die ideale Besetzung für die Rolle, wie ich Euer Gnaden entschieden beipflichte. Erstens ist er ein Sportsmann und kann eine volle Stunde mit schnellen Trippelschrittchen gleichsam über den Boden schweben und zweitens -“

„Aber das habe ich doch schon alles gesagt, Wongram. Weiter!“

„Kommen wir also untertänigst zur Hauptrolle. Euer hochedle Durchlaucht geben selbstverständlich den dominanten und stimmgewaltigen Speaker, denn erstens kennt niemand die ruhmreiche Geschichte der Instagrams so wie Eu-“

„Unsere Hofetikette erlaubt mir keine so offenkundige Arbeit vor allen Leuten, Wongram!"

„Durchlaucht haben aber gewisslich bereits erahnt, dass Eures hochverehrten Stammvaters gewaltige Rüstung nach Euer Gnaden Einkehr ruft, um Dero herrscherlichen Stimme noch mehr Resonanz zu verleihen."

„Gut, Wongram, ich lasse mich herab. Wir brauchen Geld. War es nicht so?"

Es dauerte nicht lange, da kündete eine Website des Schlosses von der neuen Attraktion, das Touristenbüro war mit Prospekten versorgt, Plakate prangten an den Hochhäusern der umliegenden Städte. Jeder einzelne Besucher hatte auf eine exklusive Veranstaltung gehofft, doch es kamen so viele, dass der Schlosshof bald von Autos überquoll und etliche mit Stehplätzen hinter Säulen vorlieb nehmen mussten.

Im Rittersaal warfen Kerzen ein unbestimmtes Licht auf die blankpolierten, in Reihe aufgestellten Rüstungen. Sowie ein Besucher eintrat, hob der erste Ritter zur Begrüßung den rechten Arm, klappte das leere Visier hoch und ließ es scheppernd zufallen. Als alle ihren Platz gefunden hatten, ertönte der Ruf der Eule zur Geisterstunde. Das Schloss-gespenst schwebte fluoreszierend herein und verbeugte sich abwechselnd vor einem der Ritter, der dann mit hohl tönender Stimme und in altertümelnder Sprache ein schau-riges, ein amouröses oder ein komisches Abenteuer aus seinem Leben zum Besten gab. Der Geist applaudierte jedesmal lautlos, das Publikum umso lauter. So ging es fort, bis der erste und dickste Instagram, erhöht in der Mitte platziert, mit schwarzem Humor und dumpf grollen-der Stimme den krönenden Schlusspunkt setzte. Wieder rief die Eule, und der Geist entschwebte. Wongram komplimentierte die Besucher eiligst hinaus und befreite seinen schwitzenden und heisergeredeten Herrn aus der dickbäuchigen Rüstung.

Beim Publikum trennte sich bald die viele Spreu vom wenigen Weizen. Doch Gruppen nationalstolzer Senioren blieben ein verlässliches Publikum. Die Einnahmen stimmten. Sir Arthur konnte den Schlossturm renovieren, neue Fenster einsetzen, einen Busparkplatz anlegen lassen und eine gestohlene Rüstung nachkaufen. Treestram, des Trippelns müde, verlangte einen Segway. Dazu musste auch noch die Schleppe seines Geistergewandes verlängert werden. Doch niemand kam auf die Idee, dem guten Sir Arthur die körperliche und stimmliche Quälerei durch eine moderne Toninstallation zu ersparen, selbst der fürsorgliche alte Wongram nicht, dem man allerdings eine frühkindlich anerzogene, ganz unenglische Technikferne zugute halten muss.

Was wunders, dass Sir Arthur bald merklich abbaute, nicht an Leibesumfang, aber an Kondition, so dass die Vorstellungen schließlich abgesagt werden mussten. Was wunders auch, dass die saubere Keelo, die Treestram aus Scham niemandem vorzustellen gewagt hatte, ihn wieder anstachelte, dem angeschlagenen Schlossherrn nun endlich den Rest zu geben. Schon in der folgenden Nacht wurde Sir Arthur von lauten Geräuschen aus der Bibliothek unter ihm hochgeschreckt, so als ob Stühle hin und her geschurrt und Bücher auf den Tisch geknallt würden. Das wiederholte sich mit jedem mitternächtlichen Ruf der Eule. Die Schlaflosigkeit drohte Sir Arthurs Gesundheit endgültig zu ruinieren. Er vertraute sich Wongram an, doch dieser war im tiefsten Innern beglückt, dass der alte Poltergeist wiedererwacht war, denn der gehörte nach seiner frühkindlichen Prägung zum Schloss so wie er selbst und schon seine Vorväter.

„Durchlauchtigster Herr wolle geruhen zu bedenken, dass ein echtes Schlossgespenst sich nicht vertreiben lässt. Es adelt recht eigentlich Euer erlauchtiges Geschlecht“, sprach Wongram gravitätisch.

Er liebte aber seinen Herrn zu sehr, als dass er nicht doch, und zwar heimlich, weil Misslingen fürchtend, versuchen wollte, den Geist zum Ruhehalten oder wenigstens gedämpfterem Poltern zu bewegen, hatte ja doch offenbar schon sein vorletzter Amtsvorgänger den Geist mit Erfolg, jedenfalls für einige Zeit, stillzulegen gewusst. So hatte er denn mittlerweile einen fabelhaften Kombi-Plan geschmiedet für die anstehende Geburtstagsparty seiner kleinen, über alles geliebten Enkelin. Sir Arthur, bettlägerig und delirierend, hatte aber, in einem seiner lichten Momente, dem verzweifelten Rat seines ratlosen Arztes folgend und ohne sein Faktotum Wongram einzuweihen, seinerseits schon einen Detektiv beauftragt, dem Gespenst aufzulauern und dem Spuk ein Ende zu setzen.

In der dritten Nacht wartet der Detektiv, hinter einem Bücherregal versteckt und sich das Pfeiferauchen mühsam verkneifend, auf das Erscheinen des Gespenstes. Und richtig, kaum ertönt der Ruf der Eule, da geht die gegenüberliegende Tür auf, und das Gespenst, in einem fluoreszierenden Gewand, schwebt herein. Zugleich aber öffnet sich die mittlere Tür und eine ganze Schar kleiner weißer Geister stürmt, kaum im Raum, mit ohrenbetäubendem Geschrei auf das Gespenst los, das vor Schreck in sportlichen Sätzen das Weite sucht und seinen Segway zum großen Vergnügen der Kleinen mitzunehmen vergisst. Der Detektiv, nicht eben der kaltblütigste von Natur, ist durch das unverhoffte Getöse der Kleingeister gänzlich aus dem Konzept gebracht und verdrückt sich durch die dritte Tür.

Die Nächte blieben fortan ruhig. Wongram glaubte den Poltergeist durch den Anblick unschuldiger kleiner Antigeister gebannt zu haben, ein stiller Dienst an seinem Herrn, den an die große Glocke zu hängen ihm seine Diskretionspflicht verbot, zumal ihm auch bewusst war, dass er seine Schlüsselgewalt in jener Nacht missbraucht und seine Kompetenzen überschritten hatte. Der Detektiv schämte sich, Sir Arthur wieder unter die Augen zu treten, schickte auch keine Rechnung, nicht einmal eine Aufwandsentschädigung. Sir Arthur, durch gesunden Tiefschlaf rasch erholt, ließ voller Dankbarkeit den Detektiv kommen, beglückwünschte ihn zu seinem Erfolg und schenkte ihm mit großer Geste ein Pferd. Er ermunterte ihn, den glutäugigen, temperamentvoll tänzelnden Hengst doch sogleich zu besteigen. Das Zögern des Detektivs als verschämte Ziererei in Anbetracht der noblen Belohnung deutend (in Wirklichkeit konnte der Detektiv nicht reiten), wollte Sir Arthur ihm vorführen, wie man mit ritterlicher Grandezza ein solches Prachtexemplar bändigt. Er führte das Pferd zu einem Holzstapel, kletterte hinauf, schob sich von dort in den Sattel und fiel auf der anderen Seite hinunter, während das Ross wiehernd auf die Hinterhufe stieg. Sir Arthur hatte sich ein Bein gebrochen.

Zu allem Unglück trat das Finanzamt mit exorbitanten Steuernachforderungen auf den Plan. Das Gewerbeaufsichtsamt verlangte vor Wiederaufnahme der Vorstellungen den Einbau einer Mindestzahl von Toiletten. Der Ausschank von Pausengetränken erforderte die Einhaltung strenger Hygienevorschriften, wie auch die Abfallentsorgung nach den neuesten Umweltauflagen zu erfolgen hatte. Es blieb keine Wahl: Die Vorstellungen mussten wieder aufgenommen werden. Für den armen Sir Arthur, mit Gipsbein und auf Krücken humpelnd, war keine Schonung möglich, für ihn in der Paraderolle kein Ersatz denkbar. Der Detektiv, eine Verpflichtung zur Wiedergutmachung empfindend, übernahm es an Stelle des schwächlichen Wongram, Sir Arthur in die Rüstung zu befördern und mittels eines Zugseils für die Dauer des Auftritts im Lot zu halten. Dafür sorgte Wongram nach Beratung mit seiner Enkelin für ein paar Verbesserungen in der Regie der Show. Treestram lud seinen Segway gewissenhaft auf. Alles war vorbereitet und durchgeprobt. Doch niemand hatte damit gerechnet, dass Keelos Geduld am Ende war.

Die Vorstellung nahm den üblichen Verlauf und näherte sich bereits dem Ende. Der Geist drehte seine Pirouette vor der dickbäuchigen Rüstung in der Mitte. Der erste Instagram ging volltönend den Stammbaum durch bis hin zu dem letzten dürren Ast.

„Was hätten Arthur und Etheltrout darum gegeben, das größte Geheimnis der Instagrams zu erfahren, nämlich wie ich und meine liebreizende Mayflower es angestellt haben, einen Stammhalter zu erzeugen."

„Das kann ich dir genau erklären, du Hornochse!", schrillte da eine Frauenstimme, und die dralle Keelo in einem tiefdekolletierten knappen Kleid platzte herein. Die Zuschauer glaubten an eine Überraschungsnummer und amüsierten sich.

„Dazu braucht es nur eine Schlampe und einen geilen Bock, du Schlappschwanz!“, schrie sie. „Die alte Hexe damals wusste noch, wie man ihn hochbringt und durchreitet. Nicht so wie deine Zimperliese von Etheltrout, die sich immer ein Anstandsbuch zwischen die Beine klemmte. Du eierloser Fettsack hast dich ja nie getraut, alles durchzuprobieren. Wo ein Wille, da ein Weg. Trau dich doch wenigstens jetzt mal! Hier bitte!“, kreischte sie und drehte ihm ihren gelüfteten Hintern zu. „Es ist noch nicht zu spät, du Versager. Komm raus da, zeig's mir!“

Sir Arthur muckte und regte sich nicht. Keelo erkannte die Situation sofort und warf triumphierend die Arme hoch. Die Zuschauer spendeten den Schlussapplaus. Keelo stellte ihr Smartphone auf volle Lautstärke. Dann stieg sie zu dem Geist auf den Segway, und beide entschwebten unter den Klängen des Hochzeitsmarsches. Unser dicker Sir Arthur aber hatte in der Rüstung einen tödlichen Infarkt erlitten.

Das Abi-Jubiläum

Mathilde stand am Grab und gab den Kondolierenden, die nacheinander vortraten, mechanisch die Hand, sie achtete kaum auf die Abwandlungen der Beileidsbekundungen, die anfangs persönlicher und mitfühlender ausfielen, bei einigen Frauen sogar von Tränen begleitet waren, bald aber zu einem pflichtschuldigen, manchmal ganz ohne Blickkontakt hingemurmelten „Mein Beileid" verkümmerten. Am Ausgang des Friedhofs gab es ein hastiges Durcheinander, bis alle Trauergäste auf die Autos verteilt waren, die zu dem Café fuhren.

Sie hatte sich vorauschauffieren lassen, saß bereits am Tisch und sah zu, wie zuerst die entfernten Plätze besetzt wurden, an denen es gleich lebhafter zuging, und man dann immer näher zu ihr rückte. Rechts neben ihr saß schließlich ihre fette Kusine, deren stummes Minenspiel wohl eine freudige Überraschung ausdrücken sollte. Der Platz links von ihr blieb frei, so dass sich viele Augen dorthin richteten und sie das unangenehme Gefühl hatte, der Tote säße unsichtbar neben ihr. Sie blickte in die Runde, gab es aber bald auf, darüber zu grübeln, wer fehlte. Die Bedienung huschte eilfertig hin und her, die Tassen klapperten, und nachdem einer der Herren seine Jacke über die Lehne gehängt, die Arme nach vorn geworfen und erleichtert durchgeatmet hatte, folgten fast alle dem Beispiel und atmeten noch kräftiger durch. Man vertilgte die bereitstehenden Kleinigkeiten, als drohe sonst der Hungertod. Sie hatte diese Kusine nie gemocht, aber da die nun einmal neben ihr saß und sie zur anderen Seite hin sich nur mühsam hätte verständigen können, sagte sie langsam und artikuliert:

„Schön, Mariechen, dass du mir Gesellschaft leistest. Wie geht es dir?"

Sie wusste, dass Mariechen vor drei Monaten einen Schlaganfall erlitten hatte und seitdem sprachbehindert war. Mariechen nahm erst noch ein weiteres Kuchenstück und brachte dann ein ersticktes „Ganz gut" hervor. Sie konnte offenbar den Hals nicht mehr bewegen und drehte nur die Augen nach links, ohne dass beider Blicke sich erreichten. Sie ließ Mariechen essen, ging einmal um die Tische, sprach mit einigen Gästen und war froh, als eine Stunde verstrichen war. Die steigende Hitze im Raum machte ihr zu schaffen. Sie fühlte sich müde und schlapp. Bevor mir noch schlecht wird, überlegte sie, verabschiede ich mich besser, halbwegs mit Anstand. Sie klopfte mit dem Löffel dreimal gegen die Tasse, entschuldigte sich mit einem Unwohlsein, dankte allen und wünschte einen guten Heimweg. Ihr Taxi warte schon.

Zuhause legte sie sich erst einmal auf die Couch. Als sie sich erholt hatte, wanderte sie langsam durch das Haus. Das hatte sie schon getan, während ihr Mann im Krankenhaus lag und die Hoffnung von Tag zu Tag geringer wurde. Sie hatte auch schon Vorstellungen entwickelt, was im Haus zu verändern sein würde, wenn sie darin wohnen bleiben wollte. Aber sie hatte gleich gezweifelt, ob sie sich in dem großen Haus, besetzt mit all den Erinnerungen, überhaupt noch würde wohlfühlen können. Dann starb plötzlich ihre ältere Schwester Caroline, ihr so ähnlich, dass man sie oft für Zwillinge hielt, und hinterließ ihr eine schicke Eigentumswohnung in bester Stadtlage. Mathildes Gang durch das Haus war nun ein Abschied. Das gemeinsame Schlafzimmer, das alte Kinderzimmer, der Garten, den sie gemeinsam angelegt und über Jahrzehnte gepflegt hatten – nein, das war ihr alles zu viel, es war jetzt entschieden, es war vorbei.

Sie öffnete mehrere Fenster, dann die Terrassentür und setzte sich in den Korbstuhl im Schatten der üppigen Kletterrosen. Es war ein wenig kühler geworden, ein leichter Wind kam auf. Eine Amsel badete ausgiebig in der Vogeltränke, kleinere Vögel flatterten unter lautstarkem Protest umher. Sie war nun allein. Hatte sie zuletzt in der Pflege ihres Mannes eine Aufgabe gehabt, die sie beanspruchte, die sie aufrecht erhielt, die ihre Gedanken und Gefühle wie in einem Brennglas bündelte, so war sie jetzt frei, wie vielleicht nie vorher in ihrem Leben. Was bedeutet diese Freiheit für mich? Was fange ich damit an? Was sind meine Wünsche, meine Ziele? Wie möchte ich mein Leben gestalten? Eine Frage legte sich jedoch über alles: Wieviel Zeit bleibt mir überhaupt noch? Vor ein paar Wochen war bei ihr eine Krebserkrankung festgestellt worden, die sie niemandem mitgeteilt hatte. Die Ärztin hatte ihr Mut gemacht, es bestünden gute Heilungschancen. Aber die Diagnose selbst, und mehr noch die Formulare, die sie ausfüllen musste, die Eintragung ins Krebsregister, die Informationsbroschüren, die angebotene Beratung und psychologische Betreuung, das alles hatte sie zutiefst verunsichert. Inzwischen war ihr Selbstvertrauen wieder gestärkt, sie war entschlossen, ihr Leben, wenn es ihr denn noch einmal geschenkt würde, selber in die Hand zu nehmen und sich nicht mehr in Abhängigkeiten zu verlieren.

Das Haus war verkauft, nach ihrem Wunsch an ein Paar mit Kindern, und der Übergabetermin in gut vier Monaten stand fest. Mathilde wollte sich Zeit lassen, um die neue Wohnung in der Stadt nach ihrem Geschmack einrichten zu können. Oft war sie dort und jedesmal nahm sie sich einen Teil der persönlichen Hinterlassenschaft Carolines vor, um das für sie selbst noch Interessante herauszusortieren. Mit der Schwester war sie zeitlebens sehr eng verbunden gewesen. Caroline hatte in jüngeren Jahren zwar einige Partnerschaften gehabt, aber nie geheiratet. Ihr Leben war in dieser Hinsicht nicht sehr aufregend gewesen, sonst aber wusste sie durchaus mit Menschen umzugehen und ihr Leben zu genießen.

Eine Marotte Carolines, die ihr nie aufgefallen war, machte ihr schwer zu schaffen: das Aufbewahren von allem, was Papierform hatte. Um die wichtigen Dokumente, die aktuellen Verträge und Zahlungen hatte Mathilde sich schon gekümmert, aber da waren noch ganze Schubladen, Schränke und Kellerregale voller uralter Gehaltsstreifen, Kontoauszüge, Reiseunterlagen, Briefe, Fotos, Urlaubspostkarten, ja sogar Prospekte aller Art, Wurfsendungen, Magazine und Zeitungen. Ihr Interesse galt vor allem den Fotos, die auch sie und ihre Familie betrafen, darunter Kindheitsfotos der beiden Schwestern, die sie nicht besaß. Danach nahm sie sich die verstreuten Briefe vor, überlas rasch die Namen und Daten, ohne sich in den Inhalt zu vertiefen. Am Ende legte sie nur einen beiseite, der in die Zukunft verwies. Es war die Einladung zur 50-Jahre-Abitur-Feier der Klasse Carolines.

Derweil die Handwerker und Maler die Stadtwohnung herrichteten, lud Mathilde ihre alten Nachbarn zu einem Abend auf der Terrasse ein, um ihnen für den Beistand in der für sie so schweren Zeit zu danken und sie auf den Einzug der neuen jungen Familie vorzubereiten. Allen war bewusst, dass ihr Wohnviertel vor einer Umwälzung stand, dass die alte Generation allmählich das Feld räumte und einer neuen Platz machte. Dabei waren sie einmal selber die junge Generation gewesen, damals, als die Häuser fast gleichzeitig aus dem Boden gestampft wurden und die Kinder noch klein oder nur erst geplant waren.

Man übertrumpfte sich mit Erinnerungen an die damalige Kinderschar, ihre Freundschaften, Spiele und Geburtstagsfeiern, an Sandkisten, Baumhäuser und Wasserpistolen, an die vielen Späße und kleinen Katastrophen. Nur zaghaft-vorsichtig wagte Mathilde einige Fragen nach deren weiteren Lebenswegen, hatte sie doch öfter nur über Umwege erfahren, dass so manche Hoffnung der Alten enttäuscht worden war. Auch ihr selbst ging es ja nicht viel anders, ihr Sohn lebte seit langem in Australien, ihre einzige Enkelin sprach kein Deutsch, war ihr nur von Fotos bekannt. Immer aufs Neue mahnte sie sich tapfer, dass dies kein Grund war, enttäuscht zu sein. Tatsächlich kam zum Schluss in der Runde, nach reichlichem Weingenuss, so etwas wie das tröstliche, ja wohlige Gefühl auf, eine trutzige Gemeinschaft zu sein, die durch ein gleiches Schicksal verbunden war, nämlich keine Aussicht darauf zu haben, dass der schöne Besitz in der Familie bleiben würde. Die eine Nachbarin, die dem Verstorbenen so heftig nachgeweint hatte, dass Mathilde ihren alten Verdacht, dass sie in ihn heimlich verliebt war, nur bestätigt sah, fasste die Stimmung zusammen:

„Leute, kein Grund Trübsal zu blasen, unser Leben als Best Agers fängt doch gerade erst an! Wir halten die Stellung, solang es eben geht.“

Das junge Paar war bei den Kaufverhandlungen gleich einverstanden gewesen, die gepflegte Einrichtung des Hauses großenteils zu übernehmen, das Erdgeschoss komplett und auch die oberen Zimmer bis auf das Schlaf- und das Kinderzimmer, so dass Mathilde sich ganz auf ihre neue Stadtwohnung konzentrieren konnte und die meisten Tage damit verbrachte, den Handwerkern ihre Wünsche zu erklären und Einrichtungshäuser zu durchstöbern. Ihre neue Nachbarin, über lange Zeit mit Caroline befreundet, begegnete ihr sogleich mit einer Vertraulichkeit, die Mathilde zunächst wie eine Verwechslung befremdete. Warum aber, sagte sich Mathilde, sollte die Übertragung einer Freundschaft bei so viel Ähnlichkeit der Personen nicht normal sein und gern akzeptiert werden? Nachdem die Nachbarin sie wiederholt eingeladen und auch bei ihrer Möbelsuche begleitet hatte, wagte sie die Frage, ob Mathilde sie nicht bei einer Reise im Herbst begleiten möchte, die sie zusammen mit Caroline gebucht und bislang nicht abgesagt hatte.

Zunächst folgten dicht aufeinander zwei Termine: eine diagnostische Untersuchung ihrer Krebserkrankung, bei der es um mögliche Metastasen ging, und am Wochenende danach das Abi-Treffen, von dem die Nachbarin offenbar nichts wusste. Je öfter Mathildes Gedanken um das Treffen kreisten, desto begieriger wurde sie, Carolines alte Freundinnen und Freunde, von denen sie einige noch gut in Erinnerung hatte, wiederzusehen. Da war vor allem Harry, der Caroline überallhin gefolgt war, so dass er im Elternhaus Harry der Hund hieß. Mathilde war damals nicht entgangen, dass er auch ein Auge auf sie geworfen hatte. Sie war vor Peinlichkeit zerflossen, als die Mutter begann, das Dreiecksverhältnis zu bespötteln, und hatte sich flugs einem anderen Mitschüler Carolines an den Hals geworfen.

Wenn sie hinfuhr, was riskierte sie? Von Carolines plötzlichem Tod hatte sehr wahrscheinlich niemand erfahren. Man würde ihr die Caroline glatt abnehmen. Die Schwester hatte zuletzt das Jubiläumstreffen vor 25 Jahren besucht und darüber amüsiert berichtet, sogar Grüße von Mathildes beiden Verehrern mitgebracht. Etwas irritierte sie die Ungewissheit, ob Caroline schon zugesagt hatte. Doch wie auch immer, sie würde bestimmt mit lautem Hallo begrüßt. Kurzerhand buchte Mathilde Zug und Hotel.

Aus dem grellen Sonnenlicht trat Mathilde in den etwas düsteren Seitenraum des Altstadtcafés, das als Treffpunkt vereinbart war. Die zusammengerückten Tische waren zur Hälfte besetzt, grauhaarige Männer, dazwischen als bunte Tupfer zwei Frauen. Mathilde erkannte niemanden auf Anhieb, zögerte, spielte mit dem Gedanken, die Komödie abzubrechen. Da rief jemand:

„Sieh da, unsere Caro, na endlich!" Harrys Stimme, unverkennbar der Tonfall.

Alle begrüßten sie mit herzlichem Überschwang, Harry verließ sogar seinen Platz und setzte sich neben sie. Ihren Verlegenheitsfreund von damals konnte sie nicht entdecken, auch von Carolines engeren Freundinnen war offenbar keine erschienen. Das machte es für Mathilde um einiges leichter, denn Caroline hatte mit mindestens einer alten Freundin noch ab und zu telefoniert und davon berichtet. So wusste sie, dass Harry Ingenieur gewesen und nach einer zweiten Ehe geschieden war. Nach dem ersten Smalltalk fragte er:

„Sag mal, arbeitest du noch? Hast du immer noch deine Praxis?“

„Hab ich“, sagte Mathilde dreist. „Ich versorge aber nur noch ein paar gute alte Patienten, die von mir nicht loskommen.“

„Ja, das ist das gute bei Ärzten, die können Reichtümer scheffeln, bis sie mit neunundneunzig umkippen.“

„Das klingt ja so, als ob du am Hungertuch nagen musst, du Armer!“

„Das gerade nicht“, sagte er etwas gedehnt. „Aber bei Ingenieuren ist es eher umgekehrt: Je älter sie werden, desto weniger sind sie gefragt.“

„Das habt ihr mit den Balletteusen gemeinsam. Nur denen geht es noch erheblich schlechter“, flachste sie. Er versuchte zu kontern:

„Und bei Ärzten ist es das Dumme, hab ich gehört, dass auch sie krank werden und sich dann manchmal selber nicht helfen können.“

„Das ist wohl wahr“, sagte sie nachdenklich und wechselte schnell das Thema: „Nun erzähl mal, wie geht es dir denn so privat? Ich habe mitbekommen, dass deine zweite Ehe auch in die Brüche gegangen ist.“

„Ach Caro“, sagte er missmutig und senkte den Blick. „Ehen sind offenbar nicht meine Stärke. Ich lass es besser.“

Während er weiter sinnierte, betrachtete sie ihn näher. Er wurde immer mehr zu dem Harry von damals. In der Tat hatte er sich gar nicht schlecht gehalten. Kein Bauch, kaum Falten im Gesicht, Mimik und Gestik immer noch lebhaft, unverändert sein singender rheinischer Tonfall.

Die Bestellungen wurden serviert. Mathilde bemerkte, wie der Altabiturient ihr gegenüber das Zittern seiner Hände zu verbergen versuchte, wie ein anderer sein Glas mit dem Ärmel streifte und umwarf. Einer umfasste lachend die Mitschülerin neben sich bei den Schultern, so als sei ihnen beiden ein toller Streich gelungen. Sogar einige weit davon entfernt Sitzende lachten mit, obwohl sie unmöglich verstanden haben konnten, um was es ging. Nach einer Weile fragte Harry sie:

„Was macht denn deine kleine Schwester? Geht es ihr gut?"

„Na ja, vor kurzem ist ihr Mann gestorben. Jetzt steht sie mit dem großen Haus alleine da. Aber sonst geht es ihr recht gut. Wir wohnen ja ziemlich nah beieinander, wie du vielleicht weißt."

„Immer noch in Braunschweig?"

„Ja, sie etwas außerhalb."

„Ich bin übrigens umgezogen", sagte Harry, „in die Nähe meiner Enkelinnen. Mein Sohn lebt und arbeitet in Salzgitter."

„Ach, wirklich?"

Der Organisator des Treffens machte sich bemerkbar und erläuterte das weitere Programm. Zunächst verlas er die Namen der seit dem letzten Treffen (vor 10 Jahren) Verstorbenen, man erhob sich und gedachte ihrer schweigend. Mathilde hatte auch den Namen ihres damaligen

Freundes gehört. Eine Liste ging herum zur Aktualisierung der persönlichen Daten, Mathilde überlas sie nur kurz. Dann marschierte man zur alten Penne, wo der Direktor sie empfing, einiges zur jüngeren Entwicklung der Schule sagte und ihnen am Schluss Gelegenheit gab, einen Blick in die textförmigen Vorbeurteilungen der Abiturienten von damals zu werfen. Mathilde las interessiert die Akte zu ihrer Schwester, sie war Klassensprecherin gewesen, allseits beliebt, gehörte zur Leistungsspitze. Das alles überraschte sie nicht, während einige der Mitschüler sich über das, was sie da lasen, lauthals beschwerten und die Namen der Lehrer nannten, die sie hinter den Pamphleten vermuteten. Harry, das Mathe-As, ging mit seiner Beurteilung herum, zeigte stolz auf das Wort „Überflieger", hatte aber wohl nicht damit gerechnet, dass er ab sofort nur noch „unser Überflieger" genannt wurde.

Für das Abendessen hatte man wieder in einem Altstadtlokal reserviert, und wieder saß Harry neben ihr. Aber auch einige andere prosteten ihr zu oder kamen kurz bei ihr vorbei. Die deftigen Speisen, mehr noch die Mengen an Bier und Wein sorgten dafür, dass bereits gegen zehn allgemeine Erschlaffung einsetzte und man in Grüppchen auseinanderging. Harry bot an, sie noch zu ihrem Hotel zu begleiten.

„Das ist gleich hier nebenan", sagte sie, froh über ihre glückliche Planung. „Aber es war sehr nett, Harry. Und vielleicht schaffst du es mal nach Braunschweig, ist ja nicht weit. Nur ruf vorher bitte an."

Bei Harrys Nähebedürfnis, die sich bei dem Abi-Treffen wieder gezeigt hatte, befürchtete Mathilde einen Anruf gleich am nächsten Tag. Es dauerte jedoch vierzehn Tage, bis er seinen Besuch ankündigte, den sie noch um zwei Wochenenden verschieben konnte. Bis dahin hoffte sie ihre neue Wohnung in einen präsentablen Zustand gebracht zu haben. Doch der Wohnungswechsel war inzwischen zu einer kleinen Sorge herabgestuft. Sie hatte eine schockierende Diagnose erhalten: Metastasen in der Leber. Weitere Untersuchungen schlossen sich an, die Auskünfte der Ärzte wurden immer zurückhaltender. Ein Reim aus Kindertagen, den man so unbefangen dahergesagt hatte, wenn der Kuckuck rief, verfolgte sie:

Lieber Kuckuck, sag mir doch,
Wieviel Jahre leb ich noch?

Konnte sie überhaupt noch auf Jahre hoffen? Waren es nicht eher Monate? Ihre leichte Ermüdbarkeit in letzter Zeit hatte nun eine Erklärung. Wenigstens der Sohn musste informiert werden.

Er habe bei der Betreuung seiner Enkelinnen einspringen müssen, so hatte Harry seinen verzögerten Anruf erklärt. Gutgelaunt berichtete er von seinen neuen Berufen als Vorleser, Schuhanzieher, Buggyschieber, Streitschlichter und Tränentrockner.

„Wie sich alles wiederholt! Ich hätte mir nie träumen lassen, dass es noch mehr Marotten gibt, als ich damals mit meinen Söhnen schon erlebt habe. Mädchen hatte ich immer für vernünftiger gehalten."

„Na, das sind sie auch", warf Mathilde ein. „Nur in dem Alter merkt man es noch nicht so."

„Dazu kommt noch, dass die Eltern auch schon mal aus der Haut fahren und schimpfen dürfen. Für den guten

Opa gehört sich das nicht. Ich muss mir alles verkneifen, und das Schlimmste dabei ist, dass die das genau zu wissen scheinen."

„Hoffnungsvoller Nachwuchs eben."

Das Geplauder mit Harry tat Mathilde gut. Tags zuvor hatte sie ihren ersten Therapietermin hinter sich gebracht. Eine Reihe weiterer sollte nach einem genauen Plan folgen. Mathilde war entschlossen, die Möglichkeiten, die es für sie gab, auszuschöpfen; es war nicht ihre Art, mutlos einzuknicken. Ohne es sich bewusst zu machen, spürte sie, dass der Umgang mit Harry ihr die Ermunterung brachte, die sie jetzt brauchte. Sie sah keinen Sinn darin, Harry sofort mit ihren Problemen zu belasten und seine Unbefangenheit zu zerstören. Sie setzten sich auf eine Bank und sahen den großen Wasservögeln zu, wie sie elegant mit zischender Fontäne landeten und nur mühsam, mit Schwingen und Füßen arbeitend, wieder hoch kamen.

Sohn und Enkelin waren für zehn Tage zu Besuch gekommen, in das alte Haus, in dem Mathilde immer noch wohnte. Vor sechs Jahren war sie mit ihrem Mann zuletzt in Sidney gewesen, da war die Enkelin noch ein Kind. Jetzt stand eine junge Dame vor ihr, eine Schönheit wie ihre Mutter, deren Eltern aus Indien stammten. Mathilde konnte sich nicht sattsehen an ihr, glaubte sie noch verschönern zu müssen, so wie man den Glanz eines Edelsteins durch eine kostbare Fassung hebt, und zog mit ihr durch die Boutiquen, wobei das beschwingte Posieren vor dem Spiegel für beide der höchste Genuss war, der Zuhause vor den Augen des Vaters seine Fortsetzung fand. Der Sohn, selber Arzt, studierte die Untersuchungsberichte, den Therapieplan und nahm an einem Beratungsgespräch mit dem behandelnden Arzt teil. Beiden, Mutter und Sohn, war unausgesprochen klar, dass er in absehbarer Zeit seinen Besuch würde wiederholen müssen.

Auch Harry konnte für die Veränderungen, die an ihr vorgegangen waren, nicht blind sein. Als Sohn und Enkelin auf einem Tagesausflug nach Berlin waren, griff sie zum Telefon, erzählte zunächst von ihrem Besuch, scherzte sogar damit, dass sie ihre schöne Enkelin vor ihm verbergen müsse, weil er ihr sonst noch untreu würde, kam dann aber auf ihre Erkrankung zu sprechen, die ihr zunehmend zu schaffen mache. Harrys einfühlsamen Worten konnte sie entnehmen, dass er etwas in der Art schon vermutet hatte. Er bat sie, als alter Freund weiter kommen zu dürfen und seine Unterstützung, wie und wo immer möglich, anzunehmen. Seine ehrliche Zuneigung berührte Mathilde so, dass sie es nicht über sich brachte, auch gleich die Verwechselungskomödie zu beenden, obwohl sie es sich für diesmal fest vorgenommen hatte.

Einige Wochen vergingen, Mathilde kämpfte gegen Übelkeit und Gewichtsverlust an. Sie bestellte Harry zu einer ihrer stundenlangen Chemo-Behandlungen in die Klinik, er könne sie anschließend auch nach Hause fahren. Mathilde stellte sich vor, dass er auf dem Infusionsbeutel sicherlich ihren Namen lesen würde; er könnte dann seine Schlüsse ziehen, sich entscheiden – wie auch immer. Aber würde es für ihn überhaupt einen großen Unterschied machen? Musste sie ein schlechtes Gewissen haben? Hatten nicht beide bei dem kleinen Betrug gewonnen? Er hatte Caroline bereits in der Studienzeit aus den Augen verloren, sie in den USA und in der Schweiz, er in Aachen.

Harry fand Mathilde in einem Bett liegend und schlafend vor, angeschlossen an die Infusionslösung, die langsam tropfte. Als am Ende der Behandlung die Krankenschwester kam und Mathilde aufweckte, saß Harry da, ohne dass sein Gesicht eine Veränderung zeigte. Er lächelte wie immer, wenn sie sich ansahen. Mathilde glaubte in seinen Pupillen ein kurzes Pulsieren zu erkennen, doch das mochte auch an ihren lichtempfindlichen Augen liegen oder an dem schweren Schlag ihres Herzens.

Terra incognita

29.5.41

Eigenartige Stimmung heute. Alles im Wattekokon, die Welt nicht vorhanden. Dichter Nebel, Sichtweite mittags 3 Meter, Sonne nur zu ahnen. Dabei schwül warm. Kein Lufthauch. Überhaupt totale Stille. Ungewohnt und unheimlich. Die paar Brüter hocken da, ducken sich wie schuldbewusst, alle anderen auf und davon. Erschrecke plötzlich über ein schleifendes Geräusch im Sand, mein eigenes. Ohren funktionieren also noch. Beinah über ein paar Robben gestolpert. Die nehmen mich nicht mehr ernst, sahen mich nur empört an und legten sich wieder hin.

20.6.41

Die letzten Nestlinge beringt, bald flügge. Frischer Wind aus West, hoher Wellengang. Ich sehe eine Weile zu, wie von der Kante ein Stück nach dem anderen wegbricht. Die Wellen draußen scheinen mir immer höher zu sein als mein Inselchen. Wundere mich, dass sie sich irgendwo da unten verlaufen und nicht schon durch meine Tür kommen. Auf der Ostseite dafür immer mehr Anlagerungen, die neue Sandbank schon mit etwas Bewuchs. Mit dem Glas sehe ich eindeutig Halme, die sich im Wind bewegen. Verschiebung dieses Jahr 20 Meter? 25?

15.7.41

Säckeweise Müll eingesammelt. Dutzende Plastikflaschen,
fein säuberlich zugeschraubt. Holzstücke, Styroporbro-
cken, Zigarettenfilter, Tüten und Boxen aller Art, zwei
Bälle, ein Ölkanister und eine Schwimmnudel. Eigentlich
alles wie immer, interessant höchstens die täglich wech-
selnde Zusammensetzung. Es wird einfach nicht weniger.
Man könnte eine Wissenschaft aus diesem Strandgut machen. Spiegel der Zivilisation, Trendextrapolationen bis zur
Apokalypse. Mache es jetzt besonders gründlich weg, denn
sonst hätte ich nichts zu tun hier.

8.8.41

Über eine richtige Flaschenpost würde mich freuen, zum
Beispiel an meinem Geburtstag heute vor 25 Jahren abge-
sandt in Neuseeland von einem Kind, das jetzt vielleicht
selber Kinder hat. Aber all die Zeit keine einzige. Fachlich
gesehen lohnt sich das hier, ehrlich gesagt, nicht mehr. Ich
werde allmählich zur reinen Müllsammlerin. Zwei verende-
te Vögel heute wieder, Plastikteile im Magen und Verdau-
ungstrakt. Mein Vogelfriedhof wird immer größer, im Dü-
nental verborgen, damit ich ihn nicht dauernd ansehen
muss.

11.9.41

Roman über diesen verrückten Kokophagen zu Ende. War
offenbar nicht der richtige Typ dafür. Die Ernährungs-
Idee im Kern aber gar nicht so abwegig. Müsste so oder
ähnlich funktionieren. Gestern Post von der Behörde.
Keine Verlängerung. Gleich Auto zum Verkauf ins Inter-

net. Wir brauchen jetzt Geld. Auch meine Wohnung gekündigt, Sven überlegt noch.

12.3.42

Erste Fälle in Brisbane. Die tödliche Seuche rückt gefährlich näher. Noch kann man ausfliegen. Sven möchte weg, bevor nichts mehr geht. Hatte auf ihn nicht wirklich fest gebaut. Immer seine Vorbehalte und Bedenken. OK, er war zu nichts verpflichtet. Die letzten Teile der Ausrüstung besorgt. Proviant für mindestens 3 Monate, Medikamente, alles komplett. Mein Projekt steht.

15.3.42

Sven zum Airport gebracht, kaum geredet. Quicktest und ab. War's das mit uns?

18.3.42

Captain Myriam auf Kurs Nordost. Schon nach 10 Stunden bin ich ringsherum allein hier draußen, nichts als Wasser, Sonne und blauer Himmel.

20.3.42

Ein Forschungsschiff, Franzosen. Näherte mich bis auf Zuruf. Kurzer Austausch.

21.6.42

Noumea. Wie ich anlegen will, abwehrende Handbewegungen der Menschen. Verstehe, es ist also auch hier schon. Mache in der Bucht fest. Dichter Regen. Fange auf, bis der Tank voll ist. Treibstoff noch für rund 500 Meilen. Werde hoffentlich meist segeln können.

1.9.42

Suva, Fiji. Auch hier kein Außenkontakt mehr. Also weiter.

6.12.42

Apia erreicht. Hafen gesperrt. Nur wenige Menschen zu sehen. Fange Nachrichten auf: Große Gebiete in China entvölkert. Südasien bis Indien schwer betroffen. Mindestens 400 Millionen Tote bisher. Rapide Ausbreitung überallhin. Flucht aus den Megacities. Krankenhäuser ohne Personal. Mache in einer Bucht fest für die Nacht. Mir gelingt noch ein guter Fang.

7.12.42

Gerade als ich losmachen will, steuert ein kleines Boot auf mich zu, darin Mann, Frau und ein Kind. Gestikulieren und radebrechen auf Englisch, dass sie an Bord wollen. Ich wehre ab und fahre los. Sie folgen mir, bis ich sie nicht mehr sehe. Bin jetzt in den richtigen Breiten. Nur noch grob in Richtung Ost. Mal sehen, was sich bietet.

23.1.43

Unverhofft eine Insel! Bergig, üppige Vegetation. Vielleicht 3 qkm. Stellenweise felsiger Absturz zum Wasser hin. Ganz umrundet. Keine Menschen, keine Boote zu sehen. Anscheinend unbewohnt. Keine anderen Inseln ringsherum. Meine terra incognita? Ankere in seichter Bucht an der Mündung eines kleinen Flusses. Bis morgen vorsichtig abwarten.

24.1.43

Bei Flut ein Stück den Fluss hinaufgerudert und erster Landgang. Kokospalmen nach Wunsch. An einer schräg gewachsenen Palme zwei Früchte abgedreht. Keine Spur früherer Besiedlung. Wenn, dann hier am Fluss.

25.1.43

Mit Machete weiter vorgedrungen. Vom höchsten Berg bei klarer Sicht kein weiteres Land zu sehen. Von Fruchtbäumen Proben mitgenommen, um sie nach meinem Tropenbuch zu bestimmen. Hier muss bestimmt niemand an Nahrungsmangel zugrundegehen. Verschiedene Arten von Seevögeln brüten in den Felsen. Anscheinend keine Landtiere. Wenige Insekten, schöne große Schmetterlinge.

26.1.43

Zelt und anderes Gerät an Land geschafft. Habe mir in dem Sand am Fluss meine kleine Privatinsel abgeteilt, wo mein Zelt steht. Plan für morgen: Alles Wichtige von Bord holen und Boot sichern.

27.1.43

Doch noch einmal meine Insel umsegelt und eine Art Landkarte gezeichnet. Einige gefährliche Riffe. Kleine Sandstrände auf der Südseite, mit vielen Kokospalmen. Sorge um das Boot trotz guter Verankerung. Wird es jedem Wetter standhalten?

28.1.43

Weitere Expedition ins Inland. Pflanzenproben genommen. Keinen Vierbeiner, kein Reptil, nichts Froschartiges entdeckt. Einer der Palmenstrände gut zugänglich, breiter als beim ersten Anschein. Schleifspuren im Sand, und tatsächlich: Eiablagen von Schildkröten. Einige stibitzt.

31.1.43

Eine Woche Inselleben. Es normalisiert sich. Die Engelhardtin feiert Silvester! Party mit Kokosnüssen, in die ich fröhliche Gesichter geschnitzt habe. Nur nicht seine dämlichen Fehler machen. Sein Verderben der Dogmatismus und pseudo-religiöse Verblendung! Möchte länger gesund bleiben und älter werden als der.

15.1.43

Die schönsten Kokospalmen hier, ist aber gar nicht so leicht, an die Früchte zu kommen. Wenn sie runterfallen, sind sie schon überreif. Habe keinen dressierten Affen, der auf eigene Gefahr hochklettert. Die schräge Palme am Flussufer brachte mich auf die Idee, Sämlinge zu einem gebeugten Wuchs zu erziehen. Muss ja schon jetzt an mein Alter denken.

18.1.43

Angefangen, auf gutem Boden eine Fläche zu roden für meine schräge Palmenidee und ein paar andere Pflanzen.

2.3.43

Plantage nimmt Form an. Lege bibermäßig Rückhaltebarrieren aus Flechtwerk an, damit der Regen nicht gleich alles wegspült.

10.3.43

Nach ein paar Tagen Erholung mit dem Bau einer festen
Hütte neben meiner Plantage begonnen.

1.4.43

Umzug.

15.4.43

Grundlage meiner Ernährung die Nuss und Fisch. Dazu
diverse Früchte, Wurzeln, Grünzeug und was sich sonst so
findet, Krebse, Muscheln usw. Meine Philosophie: Nur
keine Prinzipien! Alles, was dem Überleben dient. Anpassen an Gegebenheiten. Und die sind hier denkbar günstig.
Hätte ich nur Kokospalmen, müsste ich notgedrungen
Kokophagin werden, mit oder ohne Prinzipienreiterei. Mir
bietet sich aber ein breites Spektrum von Essbarem, und
ich mache von all dem Gebrauch. Der Gaumen hat seine
Vorlieben, der Verstand aber sagt: variable Mischkost, zur
Verhütung von Mangelerscheinungen. Eines habe ich
nicht: Fleisch. Darauf ganz zu verzichten, war ein Haupt-
motiv bei dem Experiment. Ein Experiment für mich,
nicht für die Menschheit (s. Eskimos!). Ideal, dass ich hier
gar nicht erst in Versuchung kommen kann. Bin zu konse-
quentem Verzicht gezwungen, kann keine Heldennummer
draus machen. Muss mir auch keine mitleidig grinsenden
Fleischkonsumenten angucken. Spart psychischen Stress.
Zum Fischen fahre ich meist mit dem Boot hinaus. Habe
auch mit Wurfnetz probiert, aber wenig Glück gehabt.

7.8.43

Ein schwimmendes Objekt gesichtet, hielt es zuerst für einen toten Riesenfisch. Teil von einem Flugzeugflügel, driftete vorbei.

6.10.43

Schweres Unwetter. Plantage ziemlich mitgenommen. Das Boot hat standgehalten, vor allem dank dem Riff draußen. Inspiziert, alles in Ordnung, nur etwas Wasser eingedrungen.

10.12.43

Pandemie könnte vielleicht vorbei sein. Wie sieht es in der Welt aus? Müsste Medikamente erneuern, bräuchte einige Geräte. Mit Vorbereitungen begonnen für einmal Apia und zurück.

15.12.43

Los bei günstigem Wind.

29.12.43

Großes Schlauchboot mit Außenborder, leer. Ein Spielball der Wellen. Woher wohl? Verrücktheit oder Verzweiflung oder beides. Hätte gern den Tank untersucht, doch keine Chance, zu hoher Wellengang.

2.2.44

An den Manu'a-Inseln vorbei. Nicht ein einziges Boot auf dem Wasser zu sehen. Schummriges Gefühl.

7.2.44

Apia. Kein Zeichen von Leben. Die meisten Boote im Hafen abgesoffen oder schwer beschädigt. In der Hafenbucht geankert. Erst einmal Beobachtung aus der Distanz.

8.2.44

Mit Machete an Land. Gespenstisches Bild in den Straßen. Schwere Verwüstungen durch Unwetter, offenbar auch Erdbeben. Leichenreste. Streunende Tiere. Geschäfte geplündert. Nichts Brauchbares gefunden.

9.2.44

Aus Booten und Autos mühsam Kraftstoff gesammelt. Habe guten Vorrat.

10.2.44

Signalhorn in Abständen betätigt. Nach einer Stunde ein Mensch am Kai, ein Junge, ungefähr 10. Verschwand wieder, als ich mich zeigte.

11.2.44

Nochmal Signale. Wieder der Junge. Lässt mich herankommen, als er meine Stimme hört, hält aber scheu Abstand. Ich lächle und frage ihn auf Englisch, wie er heißt und ob er allein ist. Er scheint Englisch zu verstehen, antwortet aber nicht, nickt nur ein paarmal. Ich zeige auf mich und sage „Myriam". Er sagt so etwas wie „Tobi". Ich zeige auf ihn und spreche es Englisch „Toby" aus, er nickt und versucht dann „Myriam" zu sagen. Ich wiederhole meinen Namen, jetzt klingt es bei ihm schon besser. Er geht voraus und führt mich höher hinauf zu einem Friedhof. Massen von Gräbern. Er zeigt auf gewisse Hügel, will offenbar ausdrücken, dass da seine Angehörigen liegen. Ich frage: „Your family?“ Er bestätigt: „All dead.“ Eltern und Geschwister. Er nennt die Namen. Dann dreht er sich zur Stadt, streckt den Arm vor und sagt: „All dead.“ Entsetzlich das alles, trotzdem finde ich es beruhigend zu wissen, dass es hier nur ihn und mich gibt. Er zeigt in die Berge und sagt: „Home.“ Als ich ihn nicht ganz verstehe, fügt er hinzu: „Farm.“ Offenbar war er auf einer Farm im Binnenland zu Hause. Ich frage ihn, wo er jetzt wohnt. Er hält sich bedeckt. Als wir wieder runter gehen, sagt er plötzlich „Bye!“ und bleibt stehen. Ich sage, dass ich morgen wieder Signale geben werde und mich freuen würde, ihn wiederzusehen. Er nickt. Als ich mich an der nächsten Straßenecke umdrehe, ist er verschwunden.

12.2.44

Er ist erschienen. Ich mache mir seine Ortskenntnis zunutze. Er führt mich zu Tankstellen, wo aber nichts mehr funktioniert. Zu Apotheken und Drogerien, auch da wenig Brauchbares. Mehr Glück bei Geräten. Wir finden Angelzeug, Netze, Taue, Spaten, Beile, Kanister, Töpfe, Eimer usw. Er hilft mir tragen. Ich möchte ihm mein Boot zeigen. Er will partout nicht.

15.2.44

Er ist etwas zutraulicher geworden. Die Unterhaltung klappt besser. Er führt mich zu abgelegenen Supermärkten und Shops, wo noch einige Lebensmittelkonserven sind. Wir haben davon probiert. Tierfutter gibt's reichlich, er nimmt Hundefutter mit.

19.2.44

Hat mich zu seiner Unterkunft mitgenommen. Ein flaches, stabiles Häuschen mit großem Garten, nicht weit von dem Friedhof. Er hält sich einen Hund und Hühner. Immer noch spürbares Misstrauen. Guckt mir kaum in die Augen. Scheu vor jeder Berührung. Kein Lächeln. Was ist mit ihm? Ist es 'nur' das Trauma aufgrund des Massensterbens? Böse Erfahrungen mit Fremden hat er auf Nachfrage keine gemacht. Ich bin der erste Mensch, den er seitdem gesehen hat.

25.2.44

Habe auf alle erdenkliche Weise versucht, sein Vertrauen zu gewinnen. Er kann seine Scheu offenbar nicht abstreifen. Eine letzte Schranke bleibt. Bin leider keine Therapeutin. Auf mein Boot ist er nicht zu bewegen. Sehr viel länger kann und möchte ich hier nicht bleiben.

28.2.44

Habe ihm ausführlich von meiner Insel erzählt, dass es dort schön ist, dass ich dort allein lebe usw. Dass ich bald dorthin zurück fahre. Frage ihn, ob er mich verstanden hat. Er nickt. Habe nicht erwartet, dass er den Wunsch äußert mitzukommen. Tat er auch nicht.

29.2.44

Ich finde ihn nicht in seinem Haus. Gehe zum Friedhof, da hockt er wie versteinert. Jeden Tag geht er zu den Gräbern, erklärt er, so wie wenn das ein Gesetz ist. Zurück zum Haus. Ich versuche ihm seine Lage klar zu machen.

Dass es für ihn besser ist, wenn er mitkommt. Er könnte seine Heimat ja ab und zu wiedersehen. Er dürfte auch seine Tiere mitnehmen. Alle Lockungen prallen von ihm ab. Er fragt mich, wie lange ich auf meiner Insel bleiben werde. Damit hatte ich nicht gerechnet. Das weiss ich selber nicht!

2.3.44

Unsere Gespräche drehen sich im Kreise. Ich komme bei ihm nicht weiter. Habe ihm klipp und klar gesagt, dass ich ihn morgen das letzte Mal sehe. Er möge es sich gut überlegen. Übermorgen in aller Frühe geht es ab.

3.3.44

Ich suche ihn auf. Er spielt mit seinem Hund. Mit ihm spricht er Samoanisch. Wir kochen und essen zusammen. Ich bitte ihn eindringlich mitzukommen. Er könne sein Leben doch nicht den Toten opfern. Es gehe um seine Zukunft. Er sei noch ein Kind, ich könne für seine Erziehung und Entwicklung sorgen. Später könne er machen, was er wolle. Schweigen. Einen Moment will es mich überkommen, Gewalt anzuwenden und ihn mitzuschleifen. Doch nein, das würde alles verderben. Zum Abschied möchte ich ihn umarmen, er weicht aus. Als ich gehe, fragt er mir hinterher, ob ich wiederkomme.

4.3.44

Alles nochmal überprüft und ab. Schnelle Fahrt bei gutem Wind. Habe es versprochen.